駄菓子屋ヤハギ 異世界に出店します

Dagashiya Yahagi Isekai Ni Shutten Shimasu

3

長野文三郎

イラスト 寝巻ネルゾ

もくじ

DAGASHIYA YAHAGI ISEKAI NI SHUTTEN SHIMASU

キャラ紹介

ミシェル

魔法研究に熱心な魔女で冒険者としても一流。ユウスケ一途だがヤンデレ気質でたまに暴走する。

矢《ヤ》作《ハギ》祐《ユウ》介《スケ》

駄菓子屋の能力を与えられ、異世界に転移した青年。ルーキー冒険者のために駄菓子屋を営んでいたが、領主もやることになった。

ミラ

冒険者チーム・ハルカゼの魔法使い。おっとりしているがくじ運が強い。

メルル

冒険者チーム・ハルカゼのリーダー。勝負ごとに熱くなりやすいがくじ運が弱い。

DAGASHIYA YAHAGI ISEKAI NI
SHUTTEN SHIMASU

◆ ガルム ◆

冒険者チーム・ガルムのリーダー。おちゃらけているが一流冒険者を夢見る。

◆ リガール ◆

冒険者チーム・ハルカゼの魔法使い。冒険者として徐々に実力をつけている。

◆ ティッティー ◆

ミシェルの双子の妹。悪女だったが、いくぶんか改心した。マルコと付き合う。

◆ マルコ ◆

冒険者チーム・ハルカゼの前衛。伝説の釘バットで活躍する。ティッティー一筋。

あらすじ

ミシェルの指名手配も解除され一段落ついたヤハギは、
大事なお客さんであるルーキー冒険者をサポートしようと、ダンジョンマップの作成に取り組む。そのうちレベルが上がり、
昔ながらの木造一軒家で駄菓子屋を開店できるようになった。
お宝をゲットしたり、新商品も続々売れて商売繁盛だったり、
ミシェルとの仲をさらに深めたりと、ヤハギは順調な生活を送っていた。
一方、幽閉されていた前王妃のティッティーは脱獄を画策していた。
下男のマルコを手玉にとり、逃亡資金を稼がせて準備を進めていく。
その過程でマルコは冒険者業で稼ぎ始め、駄菓子屋ヤハギの客となった。
景品である〝伝説の釘バット〟を当て、メルルが立ち上げた
チーム・ハルカゼに加わり、冒険者としての実力をつけていく。

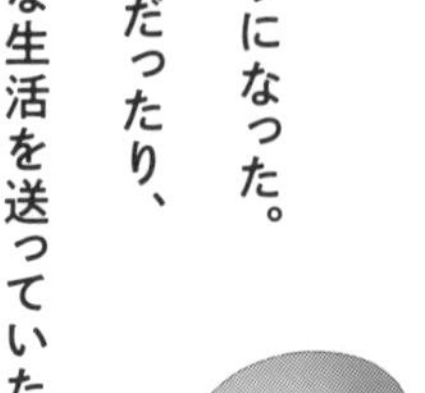

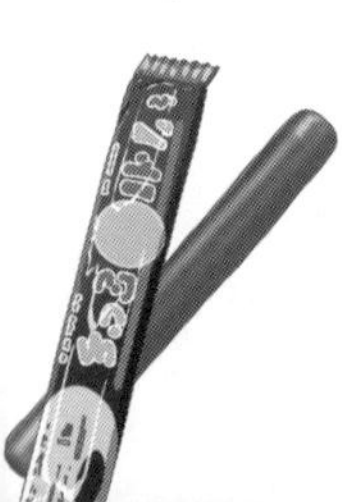

DAGASHIYA YAHAGI ISEKAI NI SHUTTEN SHIMASU

マルコから駄菓子屋で買った差し入れを渡されるなかで、ヤハギとミシェルの居所をつかんだティッティーは復讐を企んだ。ついに脱獄を成功させ、二人の仲を引き裂こうと日光写真を利用した計画を実行するが、すんでの所でヤハギはモンスターチップスSSR〝大天使ルナディアン〟を召喚して食い止める。マルコの必死の頼みやティッティーの改心ぶりを見て、ヤハギは国王にヤングドーナッツを交渉材料に彼女の助命嘆願を試みる。するとティッティーは流刑、ヤハギはその流刑先である辺境の地ルガンダの領主をやる、という条件で手を打つことになった。

〝菓子爵〟と呼ばれ戸惑うヤハギだったが、ミシェルや常連のルーキー冒険者たちもついてくることになり心機一転、駄菓子屋兼領主としてルガンダに向かった。

DAGASHIYA YAHAGI

プロローグ

王都からルガンダの森まではおよそ三百五十キロメートル。田舎へ行けば行くほど街道は荒れてきた。旅も終盤に差し掛かり、いよいよ道は険しくなってきているけど、開拓団は元気いっぱいだ。

「ヤハギさーん、そろそろおやつにしようよっ！」

十二～十三歳くらいの少年少女が俺を取り囲んでおやつをねだってきた。この春に育児院を卒院したばかりの子どもたちである。

卒院といっても、じっさいは強制的に追い出されたにすぎない。行き場がないということだったので俺が引き取った。

旅の始まりの頃はみんな暗い顔をしていたけど、日が経つうちに俺や冒険者たちにも慣れ、屈託ない笑顔を見せるようになっている。

「育ち盛りだなぁ。もう腹が減ったのか？」

「えへへ、俺たちはいいんだけどさ、サナガのじいちゃんやミライさんが疲れた顔をしているぜ。休憩にした方がいいんじゃね？」

鍛冶師のサナガさんや、回復茶を売るミライさんも一緒にルガンダへ移住することになったのだ。

「クォラアッ、ガキどもっ！　他人《ひと》をダシにして食い物をねだるんじゃねえっ！　俺はまだ元気だぞっ！」

サナガさんがゲンコツを振り回して怒っている。その横ではミライさんが声を殺して笑っていた。

「まあまあ、サナガさん。俺も疲れてきたんでそろそろ休憩にしましょう」

「ケッ、ヤハギが……ご領主様がそう言うんならいいけどよ」

不貞腐れたサナガさんを見てミライさんはまたクックッと笑う。最近は二人の会話も増えているので「もしかして？」なんてミシェルと噂をしているところだ。

「それじゃあ今日も『蒲焼さん助』を配るか」

これを食べればスタミナがアップするので旅の行動食としてとても重宝している。だが、子どもたちは不満そうな顔をした。

「え～、あれは美味しいけど少し飽きてきたよ。それに喉が渇くんだもん」

便利だからと毎日食べていたもんなあ……。

「だったらこれはどうだ？　甘くて美味しいぞ」

商品名：クリコ
説明　：美味しいキャラメル。一粒食べれば3000メートルを疲労なしで歩ける！
小さなオモチャ入り。
値段　：60リム（六粒入り）

「なにこれっ！　うわっ、モンスターの模型が入っているぞ」

「こっちは船の模型だ！」

箱を開けた子どもたちは小さなプラスチック製のオモチャに歓声を上げた。日本の中学生なら喜ばなかったかもしれないけど、この世界の十三歳は純真だ。あどけなさの残る彼らは大事そうにオモチャをポケットにしまっていた。

第一話　ルガンダ到着

　王都を出発して十日目、俺たちは森の入り口に到着した。ここから街道を外れ、細い林道を行くのだ。いまでこそ伐採が盛んに行われているが、この奥は手つかずの原生林が広がっているそうだ。俺たちが目指すダンジョンも、そんな森のまっただ中にある。

「いずれはこの道も補修しないとなあ……」

　ずいぶん遠くへ来てしまったものだ。荒れ果てた林道を見ているとため息が出てくる。そんな俺をミシェルは優しく励ましてくれた。

「そんなに落ち込まないで。ユウスケが望むなら私が森を焼き尽くしてあげるからっ！」

「ハハ……、ミシェルをエルフの天敵にはできないよ。いずれ収入が落ち着いたら少しずつ整備していくさ」

　固有種のルガンダヒノキの背は高く、平均で三十メートルに成長する。木漏れ日もまばらな林道は薄暗く、今にも木陰から大型生物が襲ってきそうな雰囲気だった。

「みんな、気を付けろよ。ミシェルは前衛を、チーム・ハルカゼは後ろを守ってくれ」

　このころにはティッティーやマルコも護送車から出て自由に歩いていたので、それぞれ配置につ

いてもらった。

　戦闘力の低い子どももいるけど、若い冒険者がメンバーの大多数を占めている。熊くらいなら余裕で撃退できるだろう。雑草の茂る奥の細道を俺たちは慎重に進んだ。


　街道から外れて二時間ほど歩いたころ、不意に目の前の森が切れた。そこは広い範囲で樹木が伐採されており、夕暮れの光が緩やかな斜面をオレンジ色に染めていた。

「着きました。ここがルガンダです！」

　助役のナカラムさんが嬉しそうに声をあげると、開拓団からは様々な感情の入り混じったため息が漏れた。

「これがルガンダ……」

　巨大な森にできた円形の伐採地は巨人の頭にできた十円ハゲ……、いや、ここでは10リムハゲのようだ。

　国王の計らいで、魔法使い集団がすでに整地をしてくれているが、店などは一つもない。まるで住宅を建てる前の造成地のようだ。絶賛売り出し中って風情だよ……。

「ユウスケ、あれがダンジョンの入り口じゃない？」

　ミシェルが眼下に見える古墳のような岩を指さしていた。

「間違いないね。資料にあった絵と同じだよ。まずはあそこを確認しよう。みんなは荷物を下ろして休憩していてくれ。ミシェルとティッティー、チーム・ハルカゼはついてきて」

ダンジョンからモンスターが出てくることもたまにはあるらしい。封鎖はされていると聞いているけど、確認はしておいた方がいいだろう。

「なんで私まで……」

ティッティーは不貞腐れたように立ち上がる。

「君はいちおう流刑人だからね。ちゃんと働いてもらわなきゃ。それに、性格はともかく、君の魔法には期待しているんだ」

「ふんっ、わかっているわよ！　借りなんて返さない主義だったけど、ヤハギには特別に返してあげるわ」

「仕事が終わったらティッティーの好きなキャロルチョコをやるから頑張ってくれ」

「お菓子なんかで釣られないわよ！　まあ、くれるならイチゴチョコとミルク味にしてね……」

食の好みは姉妹で似ているようだ。ミシェルもイチゴチョコとミルク味が好きなのだ。

クイクイ
袖が引っ張られると思ったらミシェルだった。何やら言いたげな目で俺を見ている。どうやらティッティーだけ、というのが気に入らなかったようだ。

「ミシェルにもたくさんあげるからね」

「あ～ん、って食べさせてくれる？」

ミシェルが俺の耳元で囁く。

「わ、わかった。それは夜に……」

囁き返すと、ミシェルは満足した表情になって立ち上がった。

「さて、ダンジョンを攻略するわよっ！」

いや、今は入り口の封鎖だけでいいのだ……。

ダンジョンの地表部は巨石が組み合わされた古墳のようだった。入り口はルガンダヒノキの丸太で封印してあり、損傷などは見受けられない。これなら中のモンスターが出てくることもなさそうだ。

「念のために結界魔法をかけておくわね。ティッティー、手伝いなさい」

「……」

返事はしなかったけどティッティーも協力して二重の結界を施していた。優秀な魔女二人がやったのだからやすやすと破られることはないだろう。

「これで大丈夫よ。本格的な調査は明日以降ね」

「そうだな。今日はもう休もう。みんな、お疲れさん！」

一緒に来ていたメルルがため息をついた。

「はぁ、また天幕か……。柔らかいベッドに羽根布団なんて贅沢は言わないけど、せめて家の中で寝たいよね」

相棒のミラもメルルに同調する。

「そうですねぇ。ユウスケさんがくれる駄菓子のおかげで疲労はないですが、精神的には疲れました。そろそろゆっくりと休みたいですよ」

メルルとミラだけではない。リガールもマルコも疲れた顔をしていた。

「まあまあ、そう落ち込むなよ。エッセル男爵が近いうちに大工集団を派遣してくれることになっているんだ。みんな、自分の家を持てるんだぜ」

建材は冬の間に伐採したルガンダヒノキがたくさん積まれているので、それを使うのだ。

「そうね、そのためにここに来たんだもんね」

メルルは力強く頷く。

「はい。大工さんに支払いをするためにも、ダンジョンに潜って稼がなくてはなりませんね。憧れの庭付き一軒家です！」

ミラもいつものポジティブさを取り戻している。彼女たちのためにも俺はルガンダを発展させせなきゃならない。気持ちを新たにして、俺たちはみんなが待つ丘の上へ戻った。


丘の上に戻ると三階建ての店舗を出した。

「おお、もう領主館が!?」

ナカラムさんが驚いている。そんなつもりはなかったけど、わざわざ領主館を建てるのは面倒だからこれでいいような気がする。一階部分が店、二階は倉庫、三階が居住スペースになっていて非常に便利だ。ちょっと風変わりだろうけどルガンダの領主館はこれで決まりだな。

「それじゃあ、食料の配給をするぞ。二階から物資を運び出すのを手伝ってくれ！」

五日分の食料を分けて、その日は解散となった。

夜は店舗の鉄板を使って焼きそばを作ることにした。ダンジョン封鎖を手伝ってくれたティッティーとチーム・ハルカゼも招待した。

「おっ、レベルが上がったせいか、もんじゃ焼きを作れるようになっているぞ！」

商品名：もんじゃ焼き
説明　：キャベツと粉、出汁だけのシンプルな構成。
客が自分で調理する。
駄菓子などを持ち込んで混ぜてもオッケー！
食べると、疲労軽減、体力増強の効果あり。
値段　：２００リム

なんと冷蔵庫の中にもんじゃ焼きの材料が入っていた。

「ユウスケ、もんじゃ焼きってなあに？」

ミシェルが興味津々で訊いてくる。

「キャベツと小麦粉を使った料理なんだ。って、実は俺も食べたことはないんだけどね」

もんじゃって関東でもかなり地域が限定される食べ物だと思う。俺が住んでいたところにはなかった。

「でも、作り方は動画を見たことがあるからなんとなくわかるよ。俺は粉の準備をするから、ミシェルはキャベツを刻んでくれないか？」

「わかったわ。ティッティー、手伝いなさい」

「なんで私が!?」

「貴女は普段料理をまったくしないわよね？　それではこの先が困難よ。ここにはお店なんてないんだから」

「りょ、料理はマルコがしてくれるのよ」

「マルコだってダンジョン探索で忙しくなるわ。彼に頼りっきりというわけにはいかないでしょう？」

「わ、わかったわよ……」

ミシェルに促されてティッティーは渋々包丁を握った。

「この上なく似合いませんね……」

リガールが俺の横でボソリとつぶやく。成長とともにまた少し口が悪くなったな。

「ティッティー様がお料理を……」

悪態をつくリガールとは対照的にマルコは感動の眼差しでティッティーを見つめている。

「それじゃあ、私がお手本を見せるから真似してみてね」

ミシェルはティッティーにキャベツの切り方を教えたが、結果は散々だった。

「キャーッ！　指から血がっ！　これは呪われた武器だわ！　人殺しぃーっ！」

「貴女が不器用なだけよ……」

包丁で指を切る、回復魔法、また包丁で指を切る、回復魔法、これの無限ループみたいになってしまったよ。

ただ、ティッティーの回復魔法が役に立つことはよくわかった。今後はルガンダの魔女として大いに頑張ってもらうとしよう。

大騒ぎのもんじゃになってしまったけど、味はとても良かった。ベビームーンラーメンを入れて焼いたら、これはこれで美味しかったぞ。

商品名：ベビームーンラーメン
説明　：フライ麺風のスナック菓子。
チキン味や明太子味などがある。
食べると、動きにキレが出る。
値段　：30リム

こういうのは大勢でワイワイと食べるのが美味しいと思う。到着祝いということで倉庫からビールを出してみんなで飲み、さらに焼きそばなどを作って、その夜は楽しい宴会となった。

翌日は早朝から二手に分かれて活動を開始した。一つは助役のナカラムさんが率いる区画整理チームで、もう一つはダンジョンに潜る冒険者チームだ。俺は駄菓子で冒険者をサポートすべくダンジョンへ潜ることにした。

宅地の一区画は三百坪にする予定だ。家を建て、家畜小屋を置き、家庭菜園くらいできる広さだろう。これは後で抽選をして所有者を決めることになる。

区画整理の様子を眺めながらメルルが憂鬱そうなため息をついた。

「はぁ……、心配だなぁ。私はくじ運が悪いから、ダンジョンの横とか、公衆トイレの横の土地になっちゃうかも……」

「そんな場所に住宅地は作らないから安心しろよ。まあ、将来的にダンジョンの横は商業価値が高くなりそうだけどな」

「どうせなら領主館の近くがいいよ。遊びに行くのに便利だもん」

いつまでたっても子どもっぽさが抜けないメルルだが、そんなところがかわいかったりもする。

「つまらないことを心配していないで、そろそろ俺たちもダンジョンへ行くぞ。今日は地下一階の調査のみだけど、全員気を抜かないようにな！」

ミシェルを先頭に、俺たちはダンジョンへ突入した。

ルガンダのダンジョンは王都のダンジョンとは比べ物にならないくらい小さい。入り口の幅も二・五メートルくらいで、天井の高さも四メートル未満だった。もっともこれは地下一階のことで、深層がどうなっているかはわからない。

「各チームはしっかりマッピングしてくれよ。あとで全部を繋ぎ合わせて全体像を把握するからな。それから、何かあったときはこの笛を吹いて仲間を呼ぶんだ」

店の新商品を冒険者たちに配った。

商品名：笛ミンツ
説明　：砂糖菓子。サワー、レモン、オレンジ、ウメの四種類。
食べると水・氷冷系魔法の力が若干アップする。
値段　：30リム

このお菓子はプラスチック製の小さな箱に入っているのだが、ふたの部分をスライドさせると笛になる。この笛が予想以上に遠くまで響くのだ。

「おっ、これけっこう美味いなっ！　ボリボリ」

「ばっ！　ガルム、なに全部食ってんだよ」

ガルムは笛ミンツを一気に口に流し込んでいる。ガルムだけでなく、彼の仲間も同じことをしていた。

「だって俺、水魔法も氷冷魔法も使えないもん。ヤハギさん、こんどはオレンジ味をくれよ」

「欲しいなら金を出して買ってくれ。こっちもルガンダの開発で金なんていくらあっても足りないんだからな」

「へいへい。まあ、俺たちが頑張って魔石をとってくるから、そいつでここを発展させてくれよ」

魔石は領主が買い取り、国に卸すのだ。その差額が利益となり、領主の懐に入る。もっとも、当面は出費が続きそうなので利益なんて出ないと思うけどね。

「しっかり頼むぞ。それと笛は捨てずに持っていろよ。何かあったときの合図に使うんだからな」

十チームが手分けをしてダンジョンの調査を開始した。


王都のダンジョンと同じで地下一階にたいした敵はいなかった。一般的にダンジョンは深くなるほど魔素が濃くなる。強力なモンスターは魔素濃度の濃い場所に現れるから、表層にいるのは雑魚ばかりというわけだ。

ただ、このダンジョンは人の手が入っていなかったこともあり、モンスターの数はやたら多い。伝説の釘バットを下げたマルコが汗を拭きながら銅貨と魔石を拾っていた。

「ふぅ……。歯ごたえのない敵ばかりですけど、数が揃うと儲けは大きくなりますね」

マルコは今日も最前線で頑張っている。ティッティーがいることもあって、いつもより気合が入っているようでもあった。

「どれくらいの利益が出てるんだい？」

「1万リムはいっていると思いますよ」

チーム・ハルカゼは四人なので一人頭2千5百リムか。昼前でそれだけ稼げれば悪くない成績だ。

「地下二階へ行けばもう少し実入りは良くなるはずだよな。みんなが暮らしていけそうで安心したよ」

談笑しながら歩いていると、突然目の前の岩が動き出して、ティッティーに襲い掛かってきた。

「ストーンクラブ！」

ストーンクラブは岩石に擬態するカニのモンスターだ。こいつは防御力が高く仕留めるのが厄介な敵である。王都のダンジョンでも地下三階より下にいるような強敵だ。このようなイレギュラーがあるのでダンジョンは気が抜けない。

「クッ、ウィンドカッター！」

ティッティーの魔法がストーンクラブめがけて放たれたが分厚い甲羅の前に霧散してしまう。こいつに有効な魔法は火炎系だが、ダンジョンに慣れていないティッティーは知らないのだろう。

「ティッティー様！」

マルコが素早くストーンクラブとティッティーの間に体を滑らせ、伝説の釘バットを振り上げた。固定ダメージを与えるこの武器は防御力が高いモンスターを狩るのにはもってこいなのだ。

ガッ！　ガガッ！

体に無数の穴を空けられてストーンクラブは大地に沈んだ。

「ティッティー様、お怪我はありませんか？」

「え、ええ……。大丈夫よ」

ティッティーは茫然とマルコを見つめている。

「よかった。すみません、私がぼんやりとしていたからティッティー様を危ない目に遭わせてしまいました」

「そ、そんなこと。あ、ありがとう（やだ、マルコってばカッコいい……）」

二人はなにやらラブラブのオーラを放っている。

「あ〜、はいはい。魔石とお金を回収したらさっさと先へ進むよ〜」

チームリーダーのメルルは手を叩きながら皆を促した。だが、ミシェルはぼんやりとしながらつぶやく。

「いいなぁ、私も守られてみたい」

そう言われてもミシェルは最強の冒険者だもんなぁ。

「努力はするさ。ミシェルがピンチの時はなにがあっても守るよ」

「本当に？　だったら能力を下げる駄菓子をちょうだい！」

「なんでまた？」

「それで弱くなってユウスケに守ってもらうの！」

「そんな駄菓子は扱ってないよ」

うちにあるのは呪われた駄菓子じゃないんだぞ。

ミシェルの様子を見てティッティーは小ばかにしたように笑った。

「なんなら私が呪いをかけましょうか？　姉さんがナメクジみたいに弱くなっちゃうやつ」

「それもいいわね！」

よくないだろう……。

「でも、ティッティーの呪い程度だと簡単に解けちゃうのよね」

「なんですって！　キーッ！　口からミミズを吐き続ける呪いをかけてあげましょうか？」

突如勃発した姉妹喧嘩にリガールが肩をすくめた。

「いっそユウスケさんに手錠でもかけてもらえばいいんじゃないですか？」

馬鹿、なんてことを言うんだ。こいつは本気にするぞ。

「それ、いいかも！　ユウスケ、そんなオモチャを扱ってなかった？」

警察ごっこセットのことだな。異世界の警察は警察手帳も拳銃も手錠も携帯しないので、全然理解されない商品だったりする。

しかも拳銃はきちんと弾が出るし、手錠もそれなりの造りなので、やたらと販売できないでいる。

「手錠なんてダメだよ。ダンジョンでバカなことを考えたらダメだろ。そろそろ正気に戻れよ」

「え～、繋がれるのにちょっとだけ憧れてたのになぁ……」

リガールのせいでミシェルが変な性癖に目覚めちゃったじゃないか！　けっきょく、夜になって部屋でＳＰ《要人警護》ごっこをすることで満足してもらった。ストーリーは王女と護衛騎士の禁断の愛になった。楽しかったけど、まあまあ疲れた……。

五日ほどで区画の線引きは完了した。ルガンダには細い糸が張り巡らされ、道や宅地が区画分けされている。トイレの横を引き当ててしまうのでは、と心配していたメルルも、ミラの隣の土地を手に入れることができて安心していた。

土地を持てたことがよほど嬉しかったのだろう、住民たちは笑顔で自分の敷地の草刈りなどをしている。もちろんメルルとミラのコンビもそれは同じで、今から土地の整備に余念がなかった。

「えいっ！　ウィンドカッター！」

ミラが魔法で自分の土地の樹を切っていた。メルルも協力して岩などをのけている。

「さっそくやってるね」

「少しでも早くここに住みたいんですもの！」

額にうっすらと汗をかいたミラはイキイキしている。

「将来的にはここら辺に家を建てて、庭にはブドウやあんずの樹を植えたいんです。玄関には野ばらを這わせたパーゴラも欲しいなあ」

未来の夢をうっとりと語るミラの瞳は本当に楽しそうだ。

メルルも鍬《くわ》で土を掘り起こしながら頑張っていた。

「ウガーッ！　なんでこんなに深く根を張っているのよっ!?」

身体強化魔法で強引に切り株を掘り起こそうとしているようだ。

「おいおい、無理はするなよ。土魔法を使える人を雇ったらどうだ？」

「土魔法が使える人は引っ張りだこで、長い順番待ちなんだよ。そうだ！　ユウスケさん、ジャンボカツを売ってよ。パワーブーストで切り株を引っ張ってみるから」

ジャンボカツを食べれば切り株を引っこ抜けるかもしれない。でも、パワーブーストが使えるのは三秒だけだ。失敗の危険もある。だが、こちらのお菓子を使えばそんな心配は無用だ。

「ちょうどいいものがあるぜ」

俺はお菓子の一つをとりだした。

商品名：木こりのキリカブ君
説明　：チョコレートとビスケットを組み合わせた、切り株形のチョコレートスナック。食べると楽々切り株を引っこ抜ける。（お菓子一つにつき切り株一つ）
値段　：100リム

このお菓子は能力が特化しすぎていて、これまで使いどころがなかった商品だ。ダンジョンで切り株を引っこ抜く機会なんてないからね。だけど開拓地では話が違ってくる。今後は需要が爆上がりするにちがいあるまい。

「ほれ、これを食べてみろ」

「あら、美味しそう。でも私の手はこれなんだよ」

鍬を使って根っこを抜いていたメルルの手は泥だらけだ。

「しょうがないな、俺が食べさせてやるから口を開けてみ」

「はーい」

　メルルは素直に大きな口を開けた。まるでツバメの雛みたいだね。

「モグモグ……これ美味しい！　お父さん、もう一個！」

「誰がお父さんだ！　メルルは俺が七歳のときの子か!?　あり得ないだろう！」

「あはは、ごめんごめん」

「それに、これは一つ食べれば切り株を一個引っこ抜けるんだ。能力が消えないうちに早くやってみろよ」

　何もしなければ能力はリセットされてしまう。そうなれば美味しくお菓子を食べただけになってしまうのだ。

「わかった。どれどれ……」

　メルルはそれまで悪戦苦闘していた切り株に手をかけた。そして、ぐっと踏ん張り力を籠める。

「エイッ！」

　ズボッ!!

「うわあっ!?」

　あまりにあっけなく抜けたのだろう、力が余ってメルルは後方に大きくよろけ、尻もちをついてしまっていた。それでも手を離さなかったため長い根が土からズボズボと抜け続け、周囲に土をまき散らした。

「あいててて……。でも、すごい！」

「まだ効果は続いているはずだ。そのまま最後まで抜いてしまうんだ」

「わかった」

メルルは切り株を抱えたまま移動して、すべて抜くことに成功した。

「すごい効果ですね。普通なら切り株を抱え上げることだって無理なのに」

「まったく規格外の力だよな。だけど、このお菓子の効果は切り株にしか反応しないんだよ。おかしな話だけどさ」

「駄菓子屋さんだけにですね」

俺とミラは二人でケラケラと笑ってしまった。

「これがあれば開拓は加速度的に進みますね」

「そのようだな。さっそくみんなに配ってくるよ。この箱は置いていくから二人で有効に使ってくれ」

「ありがとう、ユウスケさん。ありがたくいただいておくよ」

みんなに『木こりのキリカブ君』を配ろうと歩き出したとき、物陰からこちらを見ているリガールに気が付いた。

「ユウスケさんもメルルさんも脇が甘すぎます」

「どうしたの？」

「今の不貞行為をミシェルさんが見ていたらどう言い訳するんですか？」

「不貞行為ってなんのことだよ？」

「メルルさんにお菓子を食べさせてたでしょう？」

あれが不貞行為？

「さっきのは雛に餌をやっていたようなもので浮気でもなんでもないぞ」

「その言い訳がミシェルさんに通じますか？」

それは……。

「通じるわけがありませんよね。ルガンダの開拓は順調なんです。余計な波風を立てないでくださいよね」

「す、すみません……」

俺とメルルは同時に謝ってしまった。たしかにうかつだったな。

「本当に気をつけてくださいよ。ウィンドカッターでちょん切られてユウスケさんの切り株を引っこ抜かれても知りませんからね！」

「お、俺の切り株ってなに？　なにを引っこ抜かれるの？」

「自分で想像してください！」

首？　脚？　それとも……。恐ろしすぎてそれ以上の想像は無理だった。

冒険者メルルの日記　1

長いこと歩いて私たちはようやくルガンダにたどり着くことができた。なんというか……すごいところだ。本当になにもない。

ずっと王都に住んでいたから、ちょっとだけ不安になる。木と森と川しかないもんなぁ……。まあ、どこへ行くにしたって駄菓子屋はあるか。ユウスケさんの顔を見ていると不思議と安心できるのだ。

それにさ、あの緩やかな丘のどこかに自分の家が建つと思うとワクワクするんだよね。どんな家になるのかなあ。どうせならかわいい家がいいな。

ミラは庭にブドウやあんずを植えるそうだ。だったら私はリンゴを植えようか？　秋になったらいっぱい収穫して、ジャムをたくさん作るのだ。

間取りは寝室とキッチンとダイニングと……、もし、もしだよ、将来誰かと一緒に住むのなら部屋は少し広い方がいいよね。キャーッ、恥ずかしい！　はあ……、自分の家か。夢が広がるなあ。

今日は土地の抽選会があった。どうせ私はくじ運のない女。とんでもない場所が当たると覚悟していたのだけど、予想外にいい場所を引き当てることができた。しかもミラの隣の土地である。

これはもう一生分の運を使い果たしちゃったかな？　明日から10リムガムも、10リム玉チョコも、スクラッチカードでだって当たりを引けなくなってしまった気がする。

「どうせ、もとから当たりは引けないじゃないですか。そんなに落ち込まないでください」

リガールが慰めてくれたからブン殴ってやった。

アイツは最近さらに生意気だ。かわいかった昔のリガールはどこに行ってしまったのだろう？　そのぶんだけ頼りがいは出てきたけどね。

魔力保有量はまだまだだけど、一発の攻撃力はミラに追いつきつつある。メンバーが成長してくれればチームのボトムアップにもなる。私も負けないように頑張らないとね。


ルガンダのダンジョンを調査した。まだ地下一階しか見ていないけど規模は王都のダンジョンより小さいようだ。ただ、なんだか違和感を覚えるんだよなあ……。これは勘でしかないけど、このダンジョンには多くの秘密が隠されている気がする。

初日とあって魔物の数は多かった。これまで手が入っていなかったからだろう。危険はあるけどしっかり稼げそうだ。チーム・ハルカゼのみんなも手ごたえを感じている。

本日は一人につき5千リムの収入になった。地下二階へ行けばもう少し稼げるかな？　これならマイスイートホーム計画もうまく行きそうな気がする。

明日はさっそく自分の土地の整備をするつもりだ。余計な雑草を刈って、そのままになっている切り株を引っこ抜くのだ。いつ大工さんたちが来てもいいように準備しとかないとね。
当分の間は天幕暮らしが続くけど、私の夢はどんどん膨らんでいるのだ。

第二話　引っ越しのごあいさつ

移住してきて二週間が経過したけど、ルガンダの開拓は順調だった。ダンジョンは地下二階まで攻略され、最近では地下三階に挑戦するチームも出始めている。それに伴い魔石の採取量も増えた。

また、エッセル男爵が送ってくれた新しい開拓民も到着している。ほとんどが農家の三男や四男で相続権のない人だ。ルガンダなら無料で土地が与えられることに加えて、家畜まで貰えると聞いてやってきたそうだ。さっそく牛や鶏などの世話を頼んだので、牛乳や卵の供給はやや安定してきた。

道なども少しずつ整備され町の体裁が整えられつつある。意外にもティッティーが頑張ってくれて、魔法でいろいろと手伝ってくれるのだ。口ではぶつくさ言いながらも、今はミシェルと協力して集落を守る防御壁の製造を頑張ってくれている。

すべてが順調に見える開拓事業だけど、一つだけ問題も発生した。食料問題だ。領民のほとんどが若い冒険者なのでみんなよく食べるのだ。四週間はもつだろうと想定した小麦だったけど、そろそろ底を突きそうな事態になっている。

朝食の席で俺とミシェルは今日の予定を話し合った。

「このままじゃまずいから買い出しに行ってくるよ」

「だったら私も行く！　久しぶりに二人きりでいたいもの」

領主館を兼ねた駄菓子屋は人の出入りが多い。助役のナカラムさんの執務室もあるので、ミシェルと二人だけで過ごす時間が少なくなっているのだ。ずっと働き通しだったから、隣町まで買い物に行けばいい気分転換になるだろう。

「じゃあベッツエルの町へ行こうぜ」

ベッツエルはルガンダから十五キロほど離れたところにある町だ。大きな町だから買い物にも困らないだろう。

「でも、お金は大丈夫？　なんなら私が立て替えてもいいんだよ」

大魔法使いであるミシェルは超大金持ちだ。だけど俺はミシェルのヒモになるつもりはない。

「みんなが頑張ってくれたおかげで魔石はたくさんあるんだ。買い取ってもらえば仕入れには困らないさ。それと引っ越しのあいさつがまだだからベッツエル領主のところにも顔を出そう。ミシェルのことも紹介するからね。俺のフィアンセって」

そう、俺たちはついに婚約したのだ。

「ユウスケ～！」

猫みたいに顔を胸に擦《こす》り付けるミシェルがかわいかった。

ベッツエルへ行くには馬を使った。道幅が狭いので馬車は使わない。店舗を次元収納代わりにできるので荷物の運搬は楽なのだ。ミシェルは二人乗りを主張したけど、馬がかわいそうなのでそれは諦めてもらった。

「それにしてもひどい道だよな。これじゃあ流通は盛んにならないよ」

「そうね。少しずつでも道幅は広げないとね」

道々、ミシェルがウィンドカッターを使ってくれたおかげで、張り出した枝や下草なんかは綺麗に取り除かれた。それだけでも随分歩きやすくなった。そのうちに拡張工事などをして、人々が行き来しやすいように整備しないとならないだろう。


二時間ほどでベッツエルに到着した。周囲を石壁に囲まれた大きな町である。主要街道にある立派な町で、人口は四千人くらいらしい。

「先に領主にあいさつに行こう。ひょっとしたら食料を売る商人を紹介してもらえるかもしれないからね」

俺たちは轡《くつわ》を並べて町の中心部へ進んだ。


面会したベッツエル領主のライマスさんは四十歳くらいの紳士だった。お腹周りが大きく、のんびりした印象の人だ。奥さんもぽっちゃりとした優しそうな人で俺とミシェルの訪問を喜んでくれている。

ライマスさんの家は代々この町の領主をやっているそうだ。

「よく来てくださった、ヤハギさん。さあさあ座ってください。冷たいクリームをお持ちしますからね」

王都で買っておいたワインを手土産に渡したら喜んでもらえた。

「これはありがたい。都から遠く離れるとワインは貴重品なんですよ」

この辺は寒くてブドウが穫れないそうだ。そのかわりリンゴが名産で、リンゴ酒をよく作るとのことだった。

「ヘンゼル、グレーテル、お前たちもヤハギさんにごあいさつしなさい」

ライマスさんの子どもたちを紹介された。お兄ちゃんのヘンゼル君は十歳、妹のグレーテルさんは八歳だそうだ。

「こんにちは、ヤハギさん」

「ごきげんよう」

貴族は社交性が重んじられるので、小さいながらもきちんとしたあいさつができる子どもたちだった。二人とも素直でかわいらしい。

「こんにちは。ヘンゼル君とグレーテルさんにプレゼントがありますよ」

モバイルフォースのガンガルフとキャンを取り出して手渡した。

「ありがとうございます。でも、これはなんですか？」

「これは王都で大流行しているおもちゃなんですよ」

モバイルフォースについて説明すると、子どもたちはさっそく組み立てを開始した。モバフォーは今でも王都で競技人口を増やし続けており、エッセル男爵との約束で月に五百個を送ることになっているのだ。

「出来上がったら機体をおでこにつけてみて」

ミシェルが子どもたちにモバフォーの動かし方を教えていた。かつては魔法学院で教師をしていたし、第一回大会のチャンピオンでもあるミシェルなら大船に乗った気で任せられる。

やがて、モバイルフォースが動き出すと子どもたちは歓声を上げた。

「こいつ、動くぞ！」

「私のキャンも！　これは良いものだわ！」

自分の力で人形が動くとあって子どもたちは大はしゃぎだ。ライマスさんも興味津々のようだ。

「これが噂のモバイルフォースですか。都ではこれを使った闘技大会も開かれているそうですね」

「ライマスさんもご存じでしたか」

「噂には聞いていましたが、実物は初めて見ました。実におもしろい！」

子どもたちは順応が早く、もう取っ組み合いの相撲みたいなことをして遊んでいる。

「ああやって遊んでいるだけで魔法の訓練にもなるんですよ。モバイルフォースを使うことによって新しい魔法が使えるようになった人が何人もいるのです」

代表的な例はリガールだよな。リガールはモバイルフォースの練習をしていたおかげで火炎系の魔法が使えるようになったのだ。

「それは素晴らしい。どれ、お父さんにも少しやらせてみなさい」

「お母さんもやってみたいわ」

ライマス夫妻は子どもたちからモバイルフォースを借りて遊びだした。

「これはなかなか……」

「貴方、勝負をいたしましょう」

今度はライマス夫妻がモバイルフォースに夢中になってしまった。最初はおとなしく待っていたヘンゼルとグレーテルだったけど、モバフォーを手放さない両親にじれてきたようだ。

「お父さん、僕のガンガルフを返してよ」

「私のキャン……」

「ちょっと待っていなさい。おっと！」

「そうよ、私たちは今手が離せないの。うりゃっ！」

う～ん、ライマス夫妻もモバイルフォースにどっぷりとはまってしまったな。仕方がないのでグフフとザコもプレゼントすることにした。

「申し訳ない、ヤハギさん。このライマス、闘いの中で子どもたちを忘れておりました」

こんなに夢中になるのなら最初から四体渡してあげればよかったね。

モバイルフォースで気をよくしたライマスさんは、小麦や食品を取り扱う商人たちへ十通もの紹介状を書いてくれた。

「助かりました。ライマスさんのおかげで食料も何とかなりそうです」

「いやいや、こんな楽しいものをいただいたのです。これくらいお安い御用ですよ」

ライマスさんは大事そうに自分のグフフを撫でている。これは相当気に入っているな。

「ルガンダにはモバイルフォース専用の武器を作る鍛冶師がいます。それに住民たちの間では試合も盛んに行われているんですよ。もしよかったらいつか遊びに来てください」

「おお！　それはおもしろそうだ。ぜひ伺うとしましょう」

ライマスさんは生活雑貨を取り扱う商人をルガンダまで寄越すことまで約束してくれて、俺たちを送り出してくれた。


ベッツエルにあいさつに行ってから八日が過ぎた。

ルガンダ領主の朝は早い。と言っても政務に辣腕を振るうとかじゃないぞ。そっち方面の仕事は苦手なので助役のナカラムさんにお願いしている。

俺は早朝と夕方にダンジョン入り口まで出かけて露店を開き、冒険者へ駄菓子を売る毎日だ。ライフスタイルは王都にいるときとほぼ同じだね。ほら、今朝も眠い目をこすりながらメルルがやってきた。

「おはよう。今日は何にする？」

「ん〜とね……、バスコを十個ちょうだい」

「バスコを十個も？」

「ダンジョンにキラーハチドリが大量発生しているんだよ」

キラーハチドリは凶暴な鳥型モンスターだ。本物のハチドリはカラフルでかわいい小鳥だけど、ダンジョン内ともなると一筋縄ではいかない。昔、鳥が人間を襲うというモノクロ映画があったけど、まさにあんな感じだ。

「一匹一匹の攻撃力は低いんだけど、あいつらは百匹以上で襲ってくるの。だから蜜を仕掛けて一網打尽にする作戦なんだ」

「ああ、キラーハチドリは甘い蜜に寄って来るんだったな」

「そう、だから私が蜜の壺を仕掛けて、奴らが大量に集まったところでリガールの火炎魔法で殲滅するって作戦」

蜜を仕掛けるときにも多少の攻撃を受けてしまうのでバスコを買っていくわけか。バスコを食べれば体が強くなり、防御力が五倍になる。効果時間は十分だから、仕掛ける時間もじゅうぶんあるだろう。

「気をつけてな」

チーム・ハルカゼのリーダーであり、前衛のメルルは危険な役目をこなすことが多い。

「大丈夫だよ、慣れているから。それにキラーハチドリは一匹で50リムをドロップするから百匹集まれば最低でも5千リムになるもん。百五十匹なら7千5百リムだよ。腕が鳴るってもんよ！」

作戦がうまくハマれば、それなりの収入になるようだ。

「そうだ、こんな新商品があるぜ。バスコと併用するのはどうだ？」

商品名：わたあめ
説明　：袋入りのわたあめ。食べると五分間だけ気配を消せる。
値段　：80リム

日本では東だと「わたあめ」、西では「わたがし」と呼ばれるのが一般的らしい。ちなみにアメリカではコットンキャンディーなんだけど、オーストラリアではフェアリーフロスと言うそうだ。直訳すれば妖精の綿毛といったところか。後者の方がうちで売っている商品に近い気がする。

「へぇ、おもしろそう。一個買っていくよ」

新しもの好きのメルルはさっそく購入していった。


ダンジョンへ潜る冒険者を送り出して店じまいをしようとしていると、一台の荷馬車がこちらにやってきた。御者は一人で後ろには大量の荷物が積まれているようだ。

外からの客とは珍しいが、いったい何の用だろう？　荷馬車は真っ直ぐ俺の方へ向かってくる。

「こんにちは。私はベッツエルから来た行商人ですが、領主館はあれですか？」

商人は丘の上の三階建て店舗を指さして確認する。

「そうですけど、あそこになにか御用ですか？」

「私はベッツエルの領主ライマス様に依頼されて来た行商人のヨシュアです。お手紙を預かっていますので、領主のヤハギ様にお渡ししたいんですよ」

おお、さっそくライマスさんが約束を守ってくれたんだな。生活雑貨は慢性的に不足しているので非常にありがたい。住民も喜ぶだろう。

「それならちょうどよかった。私が領主のヤハギです」

「えっ、貴方が……？」

ヨシュアさんは疑わしそうに俺のことを見ている。露店を開いたままなので俺は黒い前掛け姿だ。領主と言えば貴族の端くれなのだが、このスタイルではそうは見えないのだろう。

隣で店を開いていたミライさんが口添えしてくれた。

「ヤハギさんは間違いなくルガンダのご領主様ですよ」

その言葉を受けてサナガさんも頷く。

「そうは見えねえかもしれねえがな」

二人のおかげでヨシュアさんもようやく納得したようだ。

「失礼しました。こんなことを言ってはなんですが、てっきり同業者かと思い込んでしまいまして……」

前掛けをして屋台に座っているのだ、そう思われても仕方がないか。

「自分は元々王都で露天商をやっていたんです。それがいつのまにやら領主になっていましてね」

そう言うとヨシュアさんは目を丸くして驚いていた。

「そんなこともあるのですねぇ……。私は行商人ですが、これを続けていれば、いつか男爵様になれるのでしょうか？」

それはどうかわからないけど、遠方からルガンダまで来てくれたのだ。お茶でも出して領主館でもてなすことにしよう。

「ところでご領主様、こちらの品物はなんですか？」

行商人は不思議そうに駄菓子やおもちゃを眺めている。

「これは私が売っているお菓子なんです。一個10リムから100リムくらいの商品がほとんどなんですよ」

「10リム！　それは安い。あの、私にも売っていただくことは可能でしょうか？　うちの子どもたちへの土産にしたいのですが」

砂糖の流通量は少ないので田舎では甘いものが貴重だそうだ。お菓子を買って帰れば子どもたちも喜ぶだろう。

「どうぞ好きな物を選んでください。お子さんだったらこちらのチョコレートや飴玉なんかがお勧めですね」

「チョコレート!?　話に聞いただけで食べたことなんてありませんよ！」

そうそう、王都でも一部の高級店にしか置いていないんだよね。

「味見をしてください。お一つ差し上げますので」

キャロルチョコを食べたヨシュアさんは両手で顔を押さえた。そうでもしなければ、そのまま頬っぺたが落ちてしまいそうとでも言わんばかりだ。

「こんな美味しいものが！」

「キャロルチョコにはミルクチョコレート以外にも、ストロベリー味やクッキー&クリーム、今なら期間限定のピスタチオもありますよ」

チョコレートを食べたヨシュアさんはワナワナと震えている。

「どうしましたか？」

「このお菓子を私に卸してもらうことはできませんか!?」

息せき切って頼み込まれたけど、それは丁重にお断りした。

「そこをなんとか！」

「これぱっかりは無理です。適正価格以外では絶対に売らないのが俺の信条なのです」

ヨシュアさんは食い下がったけど、俺はきっぱりと断った。

けっきょくお土産分だけという約束のもと、ヨシュアさんは2千リムほどのお菓子とおもちゃを買ってくれた。

俺としてはいい商売ができて満足だったんだけど、これがのちにちょっとした騒動となる。珍しいものに対する人間の情熱というものを俺は少し舐めていたのだ。

ヨシュアさんが帰った三日後、彼は再びルガンダに現れた。ただやってきたのではない。彼の荷馬車にはたくさんの人が乗っていた。

「どうしたんですか、ヨシュアさん？」

「転売はダメと言われたので、駄菓子とダンジョンの体験ツアーを組んでみました。荷台に乗っているのは全員お客さんですよ」

なんと、ヨシュアさんは旅行代理店を始めてしまったのだ。

「さあ、こちらがルガンダ名物の駄菓子屋さんです。噂のチョコレートはここで買えますよ！　モバイルフォースの販売もこちらになります！」

確かにこれなら転売はしていない。しかし、よく十二人もの客を見つけたな……。少々呆れながらも、商魂の逞しさに感心してしまった。

ヨシュアさんが連れてきたのは近隣の金持ち連中だった。商人や地主、街道守備隊の士官夫妻などがツアーの客である。

この地方でダンジョンは珍しく、ルガンダの他では見つかっていない。人々はダンジョンと駄菓子を目的にはるばるやってきたそうだ。

「まあ、これがチョコレート！」

「ガムなんて、生まれて初めて見たぞ」

「おっ、ライマス様が持っていたモバイルフォースがあるじゃないか！　私にも一つ売ってください！」

夢中で駄菓子やおもちゃを買い漁るお客を横目にヨシュアさんが耳打ちしてきた。

「このあとダンジョン内を見学したいのですが、入場料はいくらでしたっけ？」

住民以外の入場料は一人千リムだけど、本当に入る気か？

「危険ですよ。中に入ったら命の保証はありません」

「入り口をチラッと見るだけです。階段を下りてささっと見学してすぐに帰りますので、入場を許可してください」

「それでも何があるかわからないのがダンジョンというものです」

まあ、入り口だけなら危険は少ないかもしれないけど、モンスターが湧くことだってあり得るのだ。おいそれと一般人を入れるわけにはいかない。

「だったら、護衛をしてくれる冒険者を紹介してもらえませんか？」

「あいにくみんなダンジョンに潜っています」

ガルムたちがいれば、ちょうどいい小遣い稼ぎになったかもしれないな。彼のチームにはグラップというタンクがいるからうってつけなのだ。

グラップは鬼百合という二つ名を持っている猛者である。彼はヘイトを誘う「おフランスの香水」を体にたっぷり振りかけているので、モンスターはグラップ以外の敵に見向きもしなくなる。もし彼らがいれば任せたかもしれないな。科学合成された百合の匂いはかなり強烈だけど……。

「う～ん、どうしようかなぁ……」

ヨシュアさんは困ったようにダンジョンを見つめている。そうだ、いいものがあるぞ。

商品名：でるでるでるね
説明　：水を加えて、自分で作る砂糖菓子。食べると十五分だけ幽体離脱ができる。

ぶどう味とソーダ味の二種類。ぶどうはジューシーな離脱感、ソーダは爽快な離脱感を得られる！

値段　：１００リム

　これを使って幽体離脱すれば安全にダンジョン内部を見学できるぞ。でもこれは今まで発売を中止していた商品だ。科学実験を思わせる手順で作るお菓子は楽しいのだけど、よからぬことを企む輩《やから》がいたのだ。

　なんと、そいつは幽体離脱でヤハギ温泉を覗こうとしたというのだから質《たち》が悪い。どうやら狙いはミラだったようだ。

　幸いミシェルが気づいて、事なきを得たのだけど、そういう経緯で売るのをやめていたのだ。でもこの場限定なら、販売しても問題はないだろう。

　それにしてもジューシーな幽体離脱ってなんだろうな？　こんど試してみることにしようか。あ、もちろん俺は悪用なんてしないぞ。

　俺はでるでるでるねを用いたダンジョン幽体離脱ツアーを提案してみた。

「というわけで、このお菓子を食べて、霊魂の状態でダンジョン内に入っていただくことは可能です」

　ツアー客のおじさんはでるでるでるねのパッケージを読みながら質問してくる。

「え〜と、それだと危険はないのですか？」

「肉体はここにとどまっているので、モンスターに遭遇しても大丈夫です。モンスターも魂は認識できません」

「なるほど。ところで時間がきたらどうなるのです？」

「十五分経てば、魂は自動的に肉体に帰ります。ご安心ください」

丁寧に説明すると旅行客は幽体離脱による迷宮ツアーによろこんで賛同してくれた。全員がすぐに購入してくれて、さっそくお菓子を作っている。俺はみんなに作り方の手順を説明した。

「それでは1番の粉をトレイの中に入れてください。入れたら、付属のスプーンで水を加えてよく練ります」

大人たちは楽しそうにお菓子を作っている。

「あら、色が変わったわ！」

「おお、鮮やかなブルーですな」

「こっちはグリーンよ」

そうそう、作るお菓子ってサイバーな感じでおもしろいんだよね。

「続いて2番の粉を入れて、よく混ぜてください」

「また色が変わったわ」

「モコモコと膨らんできたぞ！」

いい大人が大興奮である。

「最後に3番の袋に入ったキャンディーチップを隣のくぼみに入れて、でるでるにつけて食べてくださいね」

　これで準備は整った。でるでるでるねを食べた人たちは一分ほどで草の上に横たわり、次々と幽体離脱をしているようだ。ヨシュアさんの魂も肉体を離れたようだから、今頃はダンジョンツアーに出かけているのかもしれない。


　十五分見守っていると最初の一人がむくりと起き上がった。

「ただいま。いやぁ、恐ろしいモンスターがたくさんいましたよ！」

　その後も人々は次々と起き上がり、今見てきたばかりのダンジョン内の光景について盛り上がっている。

「冒険者たちの戦闘を見ました！　罠を使ってうまいこと追い込んでいたなあ」

「魔石というのはあんな風に出現するのですね。初めて知りましたわ」

　でるでるでるねを使ったダンジョンツアーなら冒険者たちの邪魔にはならないだろう。また新しい名物が増えてしまったな。

　その日の客単価は５千リムもあり、売り上げは６万リムを超えた。そのせいか俺のレベルもまた上がり、魔力量が増えた気がする。

　満足そうに帰っていくツアー客を見ながら、駄菓子屋ヤハギにもそろそろ新しい何かが起こりそうな気がしていた。

冒険者たちを送り出して店じまいをしているとサナガさんに話しかけられた。

「おうヤハギ、ちょっといいか？」

やけにもじもじしていて様子が変だ。困ったことでも起きたのだろうか？

「なんです？　俺でよければなんでも言ってください」

「その……、相談してえことがある。あ～……悪いが面《つら》ぁ貸してくんねえか？　なに、時間はとらせねえ……」

サナガさんは歯切れが悪く目を合わせようとしない。ひょっとしてルガンダでの生活が嫌で王都に戻りたいのかな？

だとしたら困った事態だぞ。ここに鍛冶師はサナガさんしかいないのだ。こんな辺境まで来てくれる他の鍛冶師に心当たりはない。

それに、無口ながらサナガさんはきっちりした仕事をするし、法外な値段を吹っ掛けることもない。冒険者たちからも慕われているのだ。俺だってサナガさんには絶大な信頼を置いている。これはきちんと話し合わなければいけないな。

「それじゃあ、そこの岩に腰かけて話しましょう」

人気《ひとけ》のなくなったダンジョン入り口で俺たちは二人きりで腰かけた。

「なにか嫌なことでもありましたか？」

「そうじゃねえ。ここでの生活は気に入っている。バカだが気のいいやつらばかりだ」

それを聞いて肩の力が抜けた。王都に戻りたいわけではなさそうだ。

「だったら、どうしたんですか？」

そう訊いてもサナガさんはモジモジするばかりで、なかなか話を切り出してこない。

「ひょっとしてお金の問題？」

「いや……惚れた女ができた」

今度こそ肩の力がごっそりと抜けてしまった。だが、それなら心当たりがあるぞ。

「ひょっとしてミライさんのことですか？」

「どうしてそれをっ!?」

「そんなもん、最近のサナガさんの態度を見ていれば誰だってわかりますよ」

「そうか……」

照れ隠しなのか、サナガさんは気難しい顔で宙を睨んだ。

「それで、サナガさんはどうするんですか？」

「それがわからねえ」

「はっ？」

「俺はこの歳になるまで鉄だけを叩いて生きてきた。そりゃあ若いうちは惚れた腫れたもあったが、気がつけば独り身のまま五十二歳だ」

あ、思っていたより若かったんだ。太くて短い頭髪は真っ白だからてっきり六十歳くらいだと思っていた。

「なあ、ヤハギ。女に惚れたらどうすればいいんだ？　ヤハギはあの呪いの魔女を手玉に取るほどの女たらしだ。どうかこの俺に女の口説き方を教えてくれっ！」

酷い言われようだな。俺はミシェルを手玉に取ったことなんてないぞ。いつだって彼女の重すぎる剛速球を命がけで受け止めているだけである。まあ、サナガさんに悪気はないみたいだけど。

「そうですねえ……、サナガさんみたいな真っ直ぐな人は下手に駆け引きなんてしない方がいいんじゃないですか？」

「というと？」

「デートでもして、ストレートに交際を申し込むんですよ」

「なるほどぉ……、さすがは行商人から領主になり上がるだけはあるぜ」

いや、そんな大したアドバイスはしてないけどね。

「だが、デートなんてどこへ行けばいい？　ルガンダにはダンジョンしかねえぞ」

「森に薬草やキノコを採りに行くのはどうですか？　この時期なら秋の花だって咲いています。ミライさんはそういうのがお好きだそうですよ」

「さすがはヤハギだ。言うことがいちいちもっともだぜ！」

「そうやって仲良くなっていけばいいんですよ」

しかし、そこでサナガさんはがっくりと肩を落とした。

「どうしました？」

「どうやって、デートに誘うかがわからねぇ……」

「それもストレートに、森へ薬草を摘みに行こう、でいいんじゃないですか？」

「ミ、ミライはついてきてくれるかな？」

「それはわかりませんけど、サナガさんが動かなきゃ何も始まりません。まずは勇気を持って誘いましょう」

「うむ……」

ミライさんは十年以上前に夫を病で亡くした後家さんだ。寂しいときもあるとミラに打ち明けているのを聞いてしまったこともある。

サナガさんは無口な人だけど、真面目に働くし、優しいところだってある。二人が支え合って生きていけば今よりずっと幸せになれる気がする。

「ミライさんとサナガさん、俺はお似合いだと思いますよ」

「そうか。わかった……」

サナガさんは腹を決めたようにポンと膝を叩いた。


数日後、俺の知らないところでサナガさんはミライさんを薬草摘みに誘うことができたようだ。二人してカゴを持って森へ入っていくところを見かけた。

ミライさんはいい笑顔をしていたな。あの様子なら上手くいくかもしれないと、俺は密かに期待していた。

ワクワクしながら待っていたら、夕方になって二人は戻ってきた。だけどその表情は微妙だ。何かあったのだろうか？　それとなく事情を探ってみることにした。

「森へ行ってきたんですね。お、薬草がいっぱい採れてるじゃないですか」

二人が持つカゴの中には薬草だけじゃなく、花やキノコまであった。

「うむ……」

収穫の割に二人は浮かない顔。これはいよいよデートは失敗したかとがっかりしたのだが、どうやらそういうことではないらしい。

「なにかあったんですか、ミライさん？」

「それがね、森の中で古い祠《ほこら》を見つけたんですよ」

「祠と言うと神様を祀っている小さな建物ですよね？」

「ええ。すっかり苔《こけ》むした大昔の祠よ。石でできていて、いつからそこにあるかもわからないくらい古そうだったわ」

それは珍しい発見だけど、心配そうな二人の表情は解せない。

「その祠に不吉なモノでも感じましたか？」

「そうじゃないの。実は祠の前に痩せたおじいさんが一人でぼんやり座っていたのよ」

「えっ、ルガンダの森の中にですか？」

「そうなの」

原住民がいるとは聞いていないぞ。まあ、こんな森の中だから、存在を知られていない集落が一つくらいあってもおかしくはないか。だけど、おじいさんは一人きりでいたようだ。

「森に一人で暮らしているんでしょうかね？　よくやっていけるな」

「危険な人には見えなかったんだけど、ちょっと変なところがあってね……」

ミライさんは言い淀む。

「どう変なのですか？」

「自分のことを神と言っていたんですよ」

そりゃあちょっとじゃない、そうとう変だ。気になった俺はミシェルと二人でそのおじいさんに会いに行くことにした。

冒険者メルルの日記　2

ベッツエルから行商人がやってきた。名前はヨシュアさんで、年齢は三十六歳。奥さんと二人のお子さんがいるそうだ。退屈していたから根掘り葉掘り聞きだしてしまったよ。

ルガンダに初めてやってくる行商人ということで、住民のほとんどが何かしらを購入していた。ダンジョンで稼ぐことはできても、ここでの使い道って駄菓子屋さんしかないんだよね。みんな買い物に飢えていたんだと思う。

商品が飛ぶように売れたのでヨシュアさんはまた来ることを約束してくれた。それだけじゃない、みんなのリクエストも聞いて買い物をしてきてくれるそうだ。

ミラは毛糸を注文していた。自分用のセーターを編むそうだ。男たちがこぞって「俺の分も」って叫んでいたけど、見事に断られていておもしろかった。ミラは相変わらずもてるよね～。まあ、まだ初恋の傷を引きずっているみたいだけどさ……。

私もヨシュアさんに靴下を三足注文したよ。冒険者はなんだかんだでかなりの距離を歩く。戦闘ではとうぜん足に負荷がかかる。そういったわけですぐに擦り切れてしまうのだ。

これまでは繕いながら使ってきたけどそれもそろそろ限界だ。みんなも同じなんだろうね。今日

は針と糸がよく売れていた。

そうそう、ヨシュアさんのおかげで糸を買い足せたから、リガールのシャツを繕ってやった。リーダーとしてメンバーがみっともないかっこうをしているのは許せないもん。

最近のリガールは生意気なんだけど、珍しく恐縮していたな。お礼を言うときも顔を赤くしちゃってかわいかった。

ひょっとして、素敵なお姉さんを好きになっちゃった？　そんなわけないか（笑）

サナガのじいちゃんがミライさんにコクったそうだ！　いやあ、ついにか、って感じだよ。あの二人はずっといい感じだったもんね。季節は秋だっていうのに一足先に春が訪れたんだねえ……。

ミライさんから聞きだしたんだけど、告白の言葉は「俺と一緒に暮らさねえか？」だったらしい。なにそのド直球！　いや、サナガさんらしくていっそ清々しいね。

ミライさんが「どうして？」って訊いたら、「いい女だからだ、フンッ！」と言ってゲンコツで洟《はな》をすすり上げたらしい。サナガのじいちゃんもそんなことを言うんだね。本当に人ってわからないなぁ。

私もいつかコクられたりするのかな？　それで付き合って、この地に根を張って暮らしていくのだろうか？　まだ、家の基礎さえできていないんだけどね。

ユウスケさんの占いは怖いほど当たるから、本当は未来の彼氏のことを占って欲しいんだけど、ユウスケさんはいつもはぐらかすんだよなあ……。「将来の楽しみのためにとっておけよ」なんて言ってさ。せめてどんな顔をしているか、性格はどんな感じか、くらいは知りたいのにさ。

DAGASHIYA YAHAGI

第三話　マニ

教えられた道を辿ると、ミライさんが言っていた窪地に出た。この辺りに樹は茂っておらず、午後の陽光が周囲を照らし出している。草原には色とりどりの花が咲き乱れ、幻想的な光景だった。

「すてきなところね。こんな場所があるなんてちっとも知らなかったわ」

ミシェルはうっとりと花の香りをかいでいる。こうして見るとミシェルは少し変わった気がするな。昔は夜が似合う女性って感じだったのだけど、今は太陽の下でも違和感を覚えない。明るい光の中で花を慈《いつく》しむミシェルは可憐だ。

「あ、トリカブト！　こっちにはツクモカズラもあるわ。ヤダヤダ、メタンガフグリもあるじゃない！　これを使うと最高の痺れ薬ができるのよ。ユウスケに飲ませてみたいなぁ……」

「おいっ！」

「安心して、動けなくするだけだから」

「う、動けなくしてどうするんだよ？」

「独り占め♡　痺れている間は私だけのユウスケでいてもらうの」

「はぁ……」

変わらないミシェルにため息が出てしまった。実務はナカラムさんにまかせているとはいえ、領主には細々とした雑事が付きまとう。忙しさにかまけて、ミシェルとの時間が減り、寂しい思いをさせていたのかもしれない。だから独り占めなんていう発想が出てくるのだろう。

「今日はずっと一緒にいるから、毒を盛るのはやめてくれよ」

「え～……、ちょっとだけ試してみたかったなぁ」

やはり冗談ではなく、本気度高めの発言だったか。

「だったら……、動けなくするのは十分だけな」

「ほんとに!?　ほんとにやってもいいの！　嬉しい……」

ミシェルは嬉々として毒草を摘みだした。

きっぱりと断ればミシェルは毒を盛ったりしない。それくらいの良識はあるのだ。だけど、我慢をすればストレスが溜まってしまうだろう。いっそ時間を決めて満足させてやった方がお互いのためのような気がしたのだ。甘すぎだろうか？

「動けなくなった俺に何をどうするつもりだ？」

「え～、それは秘密だよ。恥ずかしいもの」

やれやれ……。

「おや、祠っていうのはあれじゃないか？」

草原の向こうの低木の陰に小さな建物が見えた。

「行ってみましょう」

痺れ薬のことはひとまず置いておいて、俺たちは祠を目指した。

それは物置小屋をさらに一回り小さくしたくらいの、石造りの祠だった。祠の前には石段があり、そこに老人が一人腰かけていた。ミライさんが言っていたのはあの人だな。

それにしても独特な雰囲気を持ったおじいさんだ。森にいるのに着物は白くシミ一つない。髪も真っ白で前髪はほとんどなく、両脇と後ろの髪は長く胸まである。奇妙なのは頭のてっぺんにアンテナみたいな髪飾りをつけていることだ。

髪飾りだよな？　なんとなくだけど、地肌から直接生えているような気もするんだけど……。不思議な意匠の片眼鏡にメカニカルな杖も印象的だ。

「こんにちは」

声をかけると、おじいさんは眩しそうに眼を細めてこちらを見上げた。

「ハイハイ、こんにちは。よく来たね」

口ぶりから察するに、この近辺に住んでいるようだ。でもおかしいぞ。祠の入り口は開いているのだけど、中に家財道具は見当たらない。がらんとした空間があるだけだ。ここではなく、別のところに家があるのだろうか？

「私はルガンダの領主になったヤハギと申します。おじいさんはこの辺の人ですか？」

「う〜ん、そうかもしれん……」

おじいさんは困った顔をして考え込んでしまった。ひょっとすると帰る家を忘れてしまったのかな。認知症の老人にはよくあることだ。

それとも、誰かにここへ捨てられたとか……。日本の昔話には『姥捨て山』というのがあったぞ。役に立たなくなった老人を山に捨ててしまうお話だ。だとしたら哀れすぎるけど……。

「家はこの辺ですか？」

「ん～……」

おじいさんの返事は要領を得ない。もしベッツエルとかから来ているのなら一人で帰宅するのは困難だ。その場合は馬車で送っていくしかないだろう。

でも、住んでいる町の名前も思い出せないとなると、事は少々厄介だぞ。せめて自分の名前くらいわからないかな？　それさえわかれば、ベッツエル領主のライマスさんに問い合わせることも可能だ。

「おじいさんのお名前はなんですか？」

「機械神マニだ」

ミライさんが言っていたのはこれか！　そう言えば、このおじいさんは自称神様だったよな。ただ、それがまったくの与太話とは思えないのがこの世界だ。事実、俺は一度死んであの世を見てきた人間である。あのとき神様の存在を近くに感じたのは確かだ。

「え～と、マニさんはなにをしているんですか？」

「花を眺めていた。奇麗じゃろ？」

マニさんはニコニコと草原の花を指さした。その姿はただの好々爺《こうこうや》で、神様なのか認知症の老人なのか、いま一つ判別がつかない。

「どうするの、ユウスケ?」

「放っておくわけにもいかないよなぁ……」

俺とミシェルは話し合って、おじいさんを集落まで連れて帰ることにした。

「マニさん、私の家に来ませんか？」

「ん、ヤハギの家に？」

俺の名前は憶えてくれたようだ。

「そうです。そこならご飯もあるし、ベッドもありますよ」

「ご飯……。ずいぶん長く食べていないな……」

マニさんは痩せて枯れ枝みたいに細い腕をしている。

「それはいけない。どれくらい食べていないのですか？」

「ん～……忘れた」

神様にしろ、人間にしろ、物忘れは激しいようだ。

「だったら、私が美味しい焼きそばを作ってあげますよ。行きましょう」

そう言って手を差し伸べると、マニさんは俺の手を掴んで再びニコニコ顔になった。

「おお……、ヤハギは商売神エルメラの加護を受けておるな。あれは儂の兄ちゃんだ。儂らは仲が良いのだぞ。エルメラ兄ちゃんの秘蔵っ子なら、儂にとっても甥っ子みたいなものだ。お主を庇護してやらんとな」

こうして俺は自称・機械神を保護することになった。まあ、向こうは俺を庇護するつもりでいるようだけどね。

マニさんを集落に連れて帰るとすでに夕方だった。太陽は西の空に傾き、冒険者たちはその日の仕事を終えてダンジョンから次々と帰還している。チーム・ハルカゼもちょうど階段を上がってきたところだった。

俺の姿を認めたメルルが足を引きずるように寄ってきた。

「ユウスケさん……ラムネを……」

「どうした、メルル？　息も絶え絶えだぞ」

「走りすぎで、のどが渇いて……」

メルルたちは地下三階で金の毛をもつ羊に出くわしたそうだ。

「あれは伝説のゴールデンシープよっ！」

ラムネを二本飲んで復活したメルルはゴールデンシープについて熱く語ってくれた。

「ゴールデンシープはただのモンスターじゃないの。金羊毛をドロップすることで有名な、伝説のモンスターなのよっ！」

「まさか、純金製の羊毛？」

「そうじゃないけど、欲しがる金持ちは多いんだよ。噂によると、その羊毛で作ったマントを身に着けているだけで資産が目減りしないんだって」

なるほど、富裕層には魅力的なアイテムだな。金持ちであればあるほど欲しがるかもしれない。

「でも、逆に言うと貧乏人には関係のなさそうなものでもあるよな」

「そうだけど、王都なら下取り価格300万リムは下らないって代物よ。絶対にゲットして稼いでやるんだからっ！」

ゴールデンシープは足が速く、メルルがどれだけ頑張って追いかけても逃げられてしまったそうだ。他のチームも頑張ったようだが、迷宮を高速で走る羊に追いつけた者はいなかったらしい。

「はぁ、興奮がおさまらないなあ。誰かとモバフォーの試合でもしよっと。相手になってくれる人はいない？」

元気なものだ。メルルは自分のレッドショルダーを取り出し、闘技場でウォーミングアップをしだした。と、不意にメルルのザコを掴みあげる人がいた。

「ホッホッホ、これはおもしろいのぉ」

なんと、それまで大人しくしていたマニさんだった。

「おじいちゃん、私のザコを返してよ。リンクが切れちゃったじゃない」

「これはすまん。つい、興奮してしまったぞい。ふむふむ、扱いやすそうな機体であるな。消費魔力が低いのも魅力の一つか」

マニさんがそう言うと、メルルの瞳が輝いた。

「でしょう？　でも他のモバフォーと比べて出力が低すぎるのがネックなのよね」

マニさんは顎に手を当てて考え込んでいる。

「フーム……、これでは少し不公平だな。どれ、儂が改造してやろう」

「へっ？」

メルルの返事を聞くこともなくマニさんはザコを顔の高さまで持ち上げる。するとマニさんの眉間が光り輝き、細い光の糸がザコとつながった。

「できたぞい。さっそく動かしてみるといい」

改造には数秒しかかからなかったけど、ザコの見た目は大きく変わってしまった！　各部装甲は一新され、重厚さが増している。なんだかずっと強そうになっているぞ。メルルがさっそく動かしたけど、機動性もよくなっているようだ。

「すごい、出力が大幅に上がっているわ！　その分、小回りは利かなくなったけど、これならじゅうぶん許容範囲だわ。おじいちゃん、ありがとう！」

「気に入ったかな？　短時間ではあるがホバー走行も可能になっておるぞ。名付けて『ザコⅡ改』じゃ」

これほどのことをやってしまうとは、やっぱりマニさんは神様で間違いないようだ。

「ヤハギよ、明日からはザコの代わりにザコⅡ改を販売するのじゃ。エルメラ兄ちゃんにも許可は取った」

「俺は別に構いませんが……。すごいですね、改造なんて」

「改造？」

マニさんはわけがわからないという顔をする。

「たった今メルルのザコを改造したじゃないですか」

「儂が？　そうだったかのぉ……？」

う～ん、神様というのは間違いないけど、かなり認知症が進んでいらっしゃるようだ。ちょっと心配になってくるほどだ。

「お、なんだかおもしろそうなものを動かしておるな！」

たった今自分が改造をしたザコⅡ改を見てマニさんがはしゃいでいる。本当に記憶がないようだ。

「なあ、爺さん、俺のググレカスも改造してくれよ！」

ガルムが頼んでいるけど、マニさんは首をかしげている。

「改造？　何のことじゃ？」

とぼけているのではなく、本当に忘れてしまっているらしい。

その後、焼きそばを「美味い、美味い！」と頬張りながら、マニさんは幸せそうにモバフォーの試合を眺めていた、と思ったら寝ていた。

「マルコ、リガール、マニさんを運ぶから手を貸してくれ」

一軒家タイプの店舗を出して座敷に布団を敷いた。神様とはいえ、老人を屋外に放置するのは忍びない。しばらくはここで暮らしてもらうのがいいだろう。

「可変型のガンガルフを与えるのはまだ早いのぉ……ムニャムニャ……」

マニさんの寝言にガンガルフ使いのリガールが反応した。

「可変型ってなんでしょう？」

「さあ……」

神様の考えなんて俺にはわからない。

「ひょっとして、新型のガンガルフでしょうか？」

「どうだろうな。寝言とはいえ、それを与えるのはまだ早いって言ってたから、期待しない方がいいと思うぞ」

「そんなぁ……。メルルさんばっかりずるいですよ」

「そう言うなって。俺から見てもザコは一番パワー不足だったぜ」

おかげで在庫がいっぱい溜まっているのだ。本当に明日からはザコⅡ改が入荷するのだろうか？　入ったらエッセル男爵に送ってあげないといけないな。新型を見れば男爵もきっと喜ぶだろう。

「ぐー……ぐー……」

人々の思いをよそに、機械神マニは気持ちよさそうないびきを立てていた。


早朝に一軒家型店舗を訪ねると、マニさんは座敷にぼんやりと座っていた。

「おはようございます。よく眠れましたか？」

「うん？　お前さんは誰じゃったかいな？」

朝からこれか。

「ヤハギですよ。自覚はないですけど、商売神の加護を受けているらしいヤハギです」

「えっ、兄ちゃんなのか!?　エルメラ兄ちゃん、若返ったな！」

「そうじゃなくって……」

俺を見つめていたマニさんが目を見開いた。

「おお……、ヤハギは商売神エルメラの加護を受けておるな。あれは儂の兄ちゃんだ。儂らは仲が良いのだぞ。エルメラ兄ちゃんの秘蔵っ子なら、儂にとっても甥っ子みたいなものだ。お主を庇護してやらんとな」

昨日と同じことを言っているぞ。この様子では明日も同じような朝が始まるかもしれない。

神様にご飯がいるかどうかわからないけど朝ご飯を食べさせてあげた方がいいかな？

「マニさん、お腹は空いてませんか？」

「うんにゃ、腹は減っておらん。どういうわけかお腹はいっぱいだ。何か、食ったのかの？」

焼きそばを食べたことも忘れているようだ。まあ、食べたくないのなら放っておくか。神様なんだから朝ご飯を抜いたって平気だろう。

「それじゃあ、自分は仕事に行ってきます。くつろいでいてください」

「仕事？」

「ダンジョン前で露店を開くんですよ」

「ほうほう、ならば儂もついていこう」

老人の外見からは想像できないほどすんなりとマニさんは立ち上がった。

朝の商売が終わり冒険者はみんなダンジョンへ潜っていった。だが、店先にはまだ数人の子どもたちがたむろしている。いつもはナカラムさんについて働いている子どもたちが、今日は休みをもらっていたのだ。

「お～い、そろそろ店じまいだぞ」

「え～、もうちょっといいでしょう。お願い、ヤハギさん！」

「仕方がないなぁ」

この世界の十二～十三歳は成人と同じように扱われる。ルガンダでは重労働などを課すことはないが、彼らも日々の糧を得るために一生懸命働いているのだ。

とはいえ、まだ遊びたい盛りだろう。今日くらいは思う存分楽しませてやろうと思った。

「仕方がない。今日だけだからな」

「いよっしゃあっ！　なあ、モバフォーの試合をしようぜ。負けた方が10リムガムをおごるのな」

「受けて立つ！」

賭け試合はご愛敬だ。冒険者たちの間でもこの手のやり取りはよく行われる。さっそく始まったモバフォーの試合にマニさんは目を細めた。この手の仕掛けが大好きなようだ。

「どれ、見物してくるかのぉ」

ニコニコと試合を見守るマニさんだったけど、調子の悪いモバフォーを見つけると調整などをしてやっていた。

「スゲー！　動きがスムーズになったぞ。ありがとう、じいちゃん！」

「じいちゃん、俺のグフフも診てよ！」

すっかり人気者である。そのうちに一人の子どもがお菓子を取り出した。

「じいちゃん、お礼にこれを一つあげるよ」

あ、あれは！

商品名：そのままブドウ 三個に一個が超すっぱい！
説明　：三粒に一粒がすっぱいブドウ味のガム。
すっぱいガムを食べると、感覚が研ぎ澄まされる。
友だちとシェアして楽しもう！
値段　：30リム

あれのすっぱさは尋常じゃない。

「気を付けて！　それは――」

注意したけど遅かった。ガムを口に入れたマニさんがうずくまって悶絶している。見事に当たりを引いてしまったようだ。

「大丈夫ですか？」

神様とはいえ老人には刺激が強すぎただろうか？　心配して様子を見たのだが、マニさんはカラカラと笑い出した。

「ホッホッホッ！　おもしろい！　実におもしろいぞい。久しぶりに声を出して笑ったわい」

子どもたちと一緒になって笑っているマニさんを見て安心した。

「いや～、こんなに笑ったのは百年ぶりくらいじゃ。うん？　いいことを思いついたぞ。ホイッ！」

掛け声をあげると、マニさんの手がまばゆく光り出した。そして現れたのは手のひらサイズのおもちゃだ。あれはっ!?

「子どもたちにこれをやろう」

どうみても自動車の模型じゃないか。まさか……。

「おじいちゃん、これはなに？」

「儂が作ったマニ四駆じゃ！」

「おいっ！」

思わず突っ込んでしまった。だって、どっからどう見てもこれはミニ……。

「儂が作ったオリジナルホビーじゃ。何か異存でもあるのかの？」

「いえ、そんなことは……」

ここは日本じゃなく異世界だ。アレに激似とはいえ、多くは語るまい。

「ホッホッホッ、さあ子どもたちよ、それを動かして遊ぶのじゃ」

マニさんが袖を振ると地上からコースが現れた。さすがは神様だ。うん、俺の子ども時代もミニ四駆のコースを持っている同級生は神扱いだった！

喜んで遊ぼうとした子どもたちだったが、ここで首をひねった。

「ねえ、どうやって遊ぶの？」

「もちろん走らせてスピードを競うのじゃ」

「でも、動かないよ」

「なんじゃと？」

マニさんは機体を受け取ってひっくり返す。

「んお!?　エネルギーパックの入るところが空っぽじゃ……」

「だったらエネルギーパックっていうのを入れてよ」

「う～ん、そうじゃのぉ……」

マニさんは腕組みをして考え込んでしまっている。

「どうしたんですか？」

「作り方を忘れてしもうた……」

おやおや。

「ふ～む、どうしたものかな……」

がっかりする子どもたちを救ったのはミシェルだった。

「ひょっとしたら私の研究が役に立つかもしれないわよ」

「ミシェルの研究が？」

「覚えていないの？　私は魔力を溜めておくオーブを研究していたのよ」

そうだった！　ミシェルならエネルギーパックを作り出せるかもしれない。

「ねーちゃん、早く作ってよ！」

「うんうん、早く、早く！」

「仕方がないわね、試作品はいくつかあるから、マニ四駆に合うように出力調整をしてあげるわ」

ミシェルが持っていた小粒のオーブを入れると、マニ四駆は元気よく動き出した。


翌日から新しいザコとマニ四駆が駄菓子屋ヤハギの棚に並んだ。

商品名：マニ四駆
説明　：魔力を利用して走らせる自動車型のおもちゃ。
値段　：1200リム

こちらもモバイルフォースと同じく組み立て式だが、もう少し複雑な構造をしている。接着剤などは必要ないのだが、シャフトを組み込んだり、グリスをさしたりと、やることも多い。組み立てには小一時間ほどかかるのだが、大人も子どもも夢中になって組み立てている。

「お～い、みんな。仕事に行かなくてもいいのか？」

「今日は休みにしたからいいんだよ。それよりヤハギさん、ここの組み込み方を教えてよっ！」

ガルムたちは臨時休業を決め込んだようだ。娯楽が少ない場所だから、熱の入り方も半端じゃなくなるのだろう。値段だって決して安くないのに、大勢が有り金をはたいて買い求めていた。

「いっけーっ、私のアバンティラ！」

いち早く組み立てを終えたメルルが自分のマニ四駆を走らせていた。なかなか快調に動いているようだ。だけど——。

「うわっ！　コースアウトしちゃった!?」

パワーがありすぎてカーブを曲がり切れなかったな。

「あ〜ん、どうして？」

「エネルギーパックがフル充填だと勢いがつきすぎることがあるんだよ。しばらく空回ししてからやってみるといいぞ」

子どもの頃に同じようなことをしていたなぁ……。

エネルギーパックとはミシェルがつくった魔力オーブのことで、ここではほぼ電池のような役割を担っている。使い方は簡単で、二本の指で自分の魔力を送りこむだけでいい。フル充電までは三十秒もかからない。

マニ四駆はモバイルフォースよりも単純な造りなので、必要な魔力量も少ないそうだ。若いルーキーたちは何度も魔力を充填して、自分のマシンを走らせていた。

「ミシェルはよく一晩で五十本ものエネルギーパックを作り上げたね」

「うふふ、ユウスケのためだもん。みんながマニ四駆を買ってくれれば、その分だけ結婚資金だって貯まるでしょう？」

「でも大変だったんじゃないか？　寝不足になったりしないか心配だよ」

「平気よ、それにエネルギーパックの製作は比較的簡単で、魔結晶の粉末を特定の固定法で練り上げるだけなの。マニ四駆用は必要なパワーも小さくて済むから、安定化も簡単なのよ」

「さすがは才女の誉れ高いミシェルだな」

俺にはもったいないくらいの恋人だ。

「別にこれくらい……（ヤダヤダヤダ♡　才色兼備の魔女だなんて、ユウスケったら褒めすぎよ！あ〜ん、もっと頑張って明日は七十個作らないと。あ、でも、今夜はユウスケが積極的に愛してくれるかも……。うん、ユウスケの視線がいつもより熱いもの。きっとそうにちがいない。寝ている暇なんてないわね。製造の方は今からでも取り掛からなくちゃ！）」

どういうわけか、ミシェルはその場に座り込んでエネルギーパックの製造を始めてしまった。その様子をマニさんがじっと見守っている。

「ふ〜む、ミシェルのエネルギーパックはいい出来だな。これの最大出力はどれくらいじゃ？」

「いまのところ248ミガ・マットね。今年中に746ミガまで上げたいけど……」

マニさんは考え込むように頭をポリポリと掻いている。

「では1・21ジゴマットは無理か？」

「1・21ジゴマットですって!?　そんな大容量、無理に決まっているじゃない！　極大魔法百二十発分の魔力よ」

「そうか、残念じゃ……」

マニさんはがっくりと肩を落としてしまった。

「マニさん、なにがそんなに残念なんです？」

「ミシェルのエネルギーパックがあれば、もう一度あれが動くかと思ったのじゃがのぉ。儂はエネルギーパックの作り方を忘れてしまったし……」

「あれって、なんです」

「千年くらい前に儂が生みだしたメカ生物じゃ。うむ、見せてやろう」

マニさんが右足で軽く足踏みをすると大地に亀裂が走った。

「うおっ！　なんだ？」

「みんな、気を付けろ」

突然の地鳴りにダンジョン前は混乱の極みに達したが、地中から現れたそれを見た瞬間、人々は一瞬言葉を失った。それはそうだろう、人々が目にしたのは巨大な機械生物だったのだ。

「ド、ドラゴンだぁあああっ!!」

「逃げろおおおおっ!!」

腰を抜かす人々の中にあって、俺は我が目を疑った。だって俺はあれによく似たものを知っているから。まあ、前世においては1／72スケールで、しかもオモチャだったけどね……。

「マニさん、あれは？」

「儂の傑作、メカ生物ゾリドじゃ」

「おいっ！」

神様相手に百二十点のツッコミを決めてしまった。だってねえ……。もっともマニさんは気にする様子もなくニコニコしている。

「全長二十三メートル、全高十三・七メートル。あのジェノスブレイカーが動けば、開拓に便利だと思ったのだがのぉ。収束荷電粒子砲もついとるし……」

いや、武装はぜんぜんいらないからなっ！　だけど、それを聞いたミシェルがいち早く反応した。

「もしあれを動かすことができたら貸してくれるの？」

「貸すなどとケチなことは言わん。くれてやるわい。ホッホッホッ！」

ミシェルが俺に頷いてくる。

「ユウスケ、私やるわ。出力を上げてみせる！」

「だけど……」

そりゃあ、あんなものがあれば辺境の開発は一気に進むだろう。整地も伐採も思いのままに違いない。

「どうやって出力を上げる？　マニさんに訊けば何かわかるかもしれないけど」

俺たちはマニさんの方を見た。すると、マニさんがゾリドを指さして驚いている。

「なんじゃ、このデカブツは!?」

自分で作ったんだろうがっ！　う～ん、相変わらずの認知具合だ。記憶をよみがえらせるいい手はないだろうか？　俺たちはため息をつきながら考えるのだった。

ダンジョンの横でメカ生物ゾリドはオブジェのように動かない。その姿は迫力ある鉄のドラゴンそのものだ。深紅の機体は重厚で、鋭い爪や牙に加え、用途不明な鋭い刃をいくつも装備している。

無機質なボディーからは想像もつかないけど、このジェノスブレイカーは生きているそうだ。

「こいつは生物じゃからな、そのままにしておけば死んでしまう。だから今は凍結してあるのじゃ」

まともになったマニさんが教えてくれた。

「それじゃあ、エネルギーパックを充填する前に解凍しないとダメなんですね？」

「その通りじゃ。解凍して三十分以内に魔力を循環させてやらないと、金属細胞が深刻なダメージを受けてしまう。しかも、一度解凍したら再凍結は不可能じゃ」

失敗は許されないわけか……。

「それで、エネルギーパックの容量を上げる方法ですが――」

「エネルギーパック？　美味いんか、それ？」

いきなり忘れた!?　ちょっと記憶が戻ったかと思ったらすぐこうなる。まともな話を聞きだすには相当苦労しそうだな。

最初は怖がっていた住民たちもジェノスブレイカーが動かないと知って近寄ってきた。好奇心の塊であるメルルは先頭に立って見上げている。

「ふえぇ、機械仕掛けのドラゴンかぁ。これが動くかもしれないんだね」

ミラもジェノスの細部を確認している。

「大きな鉤爪ですねえ。これなら大木の切り株も簡単に掘り起こせそうです」

「道作りや護岸工事だって楽になるだろうなあ。俺としてもこいつを動かしたいけど……」

問題はマニさんの状態だ。マニさんは記憶を取り戻したと思ったら、その三分後には忘れる、なんてことを繰り返しているのだ。

「これじゃあ大容量のエネルギーパックなんていつまでたってもできないぞ」

「う～ん、要はじいちゃんの記憶が元に戻ればいいんだよね？」

メルルがいたずらっ子の目をしてニマニマ笑っている。

「何かいい考えでもあるのか？」

「子どもたちがそのままブドウを食べさせたら、じいちゃんは正気に返ったって聞いたよ。だから大きな刺激を与えればいいんじゃないかな？」

「ドドンパッチンでも食べさせるか？」

口の中で弾けるキャンディーなら何かを思い出すかもしれない。ところが、メルルはチッチと指を振る。

「その程度の刺激じゃ足りないわよ。やっぱりここはハイパーレモンを一気食いしないと」

「それは……」

商品名：ハイパーレモン
説明　：とてつもなくすっぱいキャンディー。
あまりのすっぱさに、食べると嫌なことを一つ忘れる。

値段　：10リム

気持ちの切り替えにはうってつけのお菓子なんだけど、これで記憶が戻るかはあやしいものだ。冒険者の間ではハイパーレモンを口いっぱいに詰める遊びがあるようだが、そんなことをマニさんがしてくれるとも思えなかった。

「じゃあどうするの？」

「そうだなあ……」

不意にミラが手を上げた。

「ヤングドーナッツを食べてもらうのはどうでしょう？」

「若返らせて記憶を取り戻す作戦か。でも五年くらい若くなったところで、たいした違いはないかもしれないぞ」

ヤングドーナッツを一つ食べれば肉体は五歳若返る。一パックは四個入りだから、全部食べれば二十歳は若くなる計算だ。限定品だったが一袋余っている。でも、悠久の時を生きる神様に二十年程度では効果がない気もした。

「やるだけやってみましょう」

「いいけど、マニさんは食べてくれるかな？」

マニさんは異様に食が細いのだ。神様だから食べなくても問題ないだろうけど、先日焼きそばを食べて以来まともな食事はしていないはずだ。それでも一向に平気な顔で、ご飯は欲しくないと言っていた。

「私に任せなさい。こうすればいいのよ」

しゃしゃり出てきたのはティッティーだ。ティッティーは妖艶な笑みを作りながらマニさんの隣に腰を掛けた。

「ねぇ、マニさん、美味しいお菓子があるのよ。食べてみない？」

ところがマニさんはプイッと横を向いてしまう。

「要らない。モソモソしていそうだから……」

「でも、一口くらいどう？　とっても美味しいのよ。はい、あ～ん」

しなをつくったティッティーが食べさせようとしたけど、マニさんはまたもやそっぽを向いてしまった。

「もう、強情なおじいちゃんねっ！」

プリプリと怒るティッティーからミラがヤングドーナッツを受け取った。

「マニさん、嫌ならいいですけど、ユウスケさんのお菓子は本当に美味しいんですよ。いかがですか？」

するとマニさんはミラとヤングドーナッツを何度も見比べてから口を大きく開けた。

「はい、どうぞ」

ミラはヤングドーナッツを半分にちぎってマニさんの口に放り込んでいる。まるで親鳥みたいだ。

「ムグムグ……うん、美味い」

「でしょう！」

「なんなのよっ！　態度が全然違うじゃない！」

ティッティーは怒っていたけど、ミラとマニさんはほんわかとやり取りを続けている。

「もっと食べます？」

「うん」

「次は自分で食べてくださいね」

「あいあい」

けっきょく、マニさんは一パックのヤングドーナッツをすべて食べてしまった。これで二十歳は若返るはずだけど、さてどうなることだろう？

すべてのヤングドーナッツを食べたマニさんだったけど、見た目に変化は現れなかった。皺も白髪もそのままで、相変わらず枯れ枝のように細い身体のままである。

「やっぱりダメか」

「この世界の始まりから生きているのだとしたら、二十年なんてほとんど関係ないんでしょうね。私たちが五時間分だけ若返る程度……、ひょっとしたらそれ以下なのかもしれないわ」

俺とミシェルは同時にため息をついた。肩を落とす俺たちをマニさんはニコニコしながら慰めてくれる。

「どうしたのじゃぁ？　悲しそうな顔をしておるのぉ」

「何でもないんだ。ちょっとだけあてが外れただけだから」

「おお、そうかい。まあ、諦めないことが肝心だぞい」

「そうだな。いつかはエネルギーパックの出力を上げることができるかもしれないもんな」

俺の言葉を聞いたマニさんはにんまりと笑った。

「なんじゃい、ヤハギはエネルギーパックの出力を上げたかったのかい」

「えっ、できるの？」

「どれくらい上げたいんじゃ？」

「い、1・21ジゴマット」

「それは難しいな」

「やっぱり無理なの？」

「うんにゃ、これを使えばいい」

マニさんが右足で大地を蹴ると、金属の箱が土の中から現れた。大きさは業務用の冷蔵庫くらいある。

「ほれ、エネルギー変換装置じゃ。こいつを使って雷のエネルギーを魔力に変換してやればいい」

「すごい……」

エネルギー変換装置を調べているミシェルが感嘆している。

「ただ問題もあるぞ」

マニさんは眉間の皺を深めた。

「問題と言うと、どういった？」

「これはエネルギーパックをゾリドに装着した状態で使わなければならないのじゃ」

エネルギーパックを装着するにはゾリドを解凍する必要がある。しかし、一度解凍してしまえば三十分以内に魔力を循環させなくてはならない。さもないとゾリドの金属細胞が深刻なダメージを受けてしまうからだ。

「つまり、タイムリミットはたったの三十分ってこと？」

「そういうことじゃ」

そばで話を聞いていたティッティーが騒ぎ出した。

「そんなの不可能じゃない。雷なんてどこに落ちるかわからないのよ！」

高い樹のてっぺんに金属の棒でもつけておけば確率は上がるかもしれないけど、正確な時間までは予測できない。下手に解凍して失敗すれば、ゾリドは死んでしまうかもしれないのだ。安易な賭けに出るわけにもいかなかった。

「今日のところはこれで解散しよう。ゾリド復活の方法については考えておくよ」

俺はミシェルに目配せをして閉店の準備を始めた。ミシェルも俺が考えていることに思い至ったようで、複雑な表情をしている。

雷がいつ、どこに落ちるかだが、俺ならそれがわかるかもしれない。モバイルフォースの訓練によって開花した俺の魔法、『千里眼』があるからだ。

いまのところ千里眼の存在を知るのは俺とミシェルだけだ。国家権力などにこき使われないように秘匿してきたけど、これの出番がついに来たようだ。

ただ、これまで過去や現在は見てきたのだが、未来を見た経験はない。未来を見るためには莫大な魔力が必要だし、体の負担がかなり大きそうだったからだ。

駄菓子屋としてのレベルはかなり上がり、保有魔力量も増えてきた。だが、未来を垣間見るにはまだまだ俺の魔力は足りなかった。


夕飯後にリビングで寛ぎながら、ミシェルと千里眼の可能性について話し合った。いつもなら隣で甘えかかってくるミシェルだけど、今日は少し離れて座っている。

「やっぱり心配よ。千里眼を使うとユウスケはいつも体調を崩すじゃない」

「そうだけど、他に方法はないだろう？」

「だけど、今回は未来を見るのよ。心身の負担はこれまでの比じゃないはずだわ。とてもじゃないけど耐えられるとは思えない」

それは言えるんだよなぁ……。ステッキチョコレートというお菓子の力を借り、魔法の威力を増大させて、ようやく千里眼を使えるのが現状だ。

「でもさ、俺のレベルがさらに上がれば、危険なく千里眼を使えるんじゃない？」

「保有魔力量が上がれば可能性はあるけど……」

「だったら、まずは腰を据えてレベルアップを頑張ってみるよ。焦ってゾリドを復活させることもないしね」

開発はのんびりやっていけばいいのだ。最終的にルガンダが少し住みやすくなればそれでいい。

無理をする必要はないと考えている。

「でも、最近はレベルの上がるスピードが落ちているんでしょう？」

「まあね」

俺のレベルは売り上げが関係しているようだ。王都を離れてから駄菓子屋の売り上げはだいぶ落ちてしまった。そのせいかレベルの上がりは鈍調だ。

「いっそベッツエルあたりに支店でも出そうか？」

「それ、いいんじゃない！」

軽い気持ちで言ったのだがミシェルは予想以上に賛成してくれた。

ベッツエルにも子どもはいっぱいいるから、支店を出せば喜んでくれるかもしれない。近いうちに、ライマスさんに相談してみるとしよう。

俺が無茶をしないとわかって安心したのか、ミシェルはいつものように傍に寄ってきて甘えかかった。今は指で俺の髪をクルクルして遊んでいる。

「そういえば、ヤングドーナッツはもったいなかったなぁ」

マニさんに食べさせた分か。

「別にいいよ。賞味期限も近かったしさ」

「どうせならユウスケに食べてほしかったんだもん……」

「なんで？」

「そうしたらさ、年下のユウスケとイチャイチャできたわけでしょ？　それはそれで新鮮かなって……」

　また変なことを考えついたな。

「でもでも、私はやっぱり年上の方が好きなのよね。ねえ、ユウスケ」

「なんだ？」

「オールドドーナッツってないの？」

　オールドファッションなら知っているけど、歳を取る駄菓子はウチのラインナップにはない。

「俺をおじいちゃんにしたいのか？」

「そうじゃないけど、ロマンスグレーのユウスケもステキかなって。ちょっと見てみたいじゃない」

　ミシェルは照れくさそうに視線を逸らした。中年の俺なんて、そう遠くない未来で見られるというのにミシェルはせっかちだ。

　もっとも、十代の俺は二度と見せられないか。若い頃の写真はすべて向こうの世界に置いてきてしまったもんな。

「レベルが上がったら、そんなお菓子も出てくるかもしれないぞ。ほら、食べたら十分だけ若返るとか、歳を取る、みたいなやつ」

「ほんとに!?」

「いや、出るかもなっていう空想の話でさ――」

「それ、いい！　今のユウスケもショタのユウスケもミドルのユウスケも、ぜ～んぶ愛したい放題じゃない！」

「だから仮定の話だってば」

「ユウスケ、明日はベッツエルへ行きましょう。大至急、支店の話を進めなきゃ！」

やれやれ、ミシェルの妄想にも困ったものだ。でも、ハイティーンのミシェルか……。それに三十路《みそじ》のミシェル……。どちらも、ちょっと見てみたいな。そんな駄菓子が出てくるかはわからないけどね。

冒険者メルルの日記　3

　ユウスケさんが変なおじいちゃんを連れてきた。自分のことを神様だなんて言うから、てっきり危ない人かと思ったんだけど、本当に神様だった！

　夢でも見ているんだろ、って？　そんなことない。だって、マニさんは私の見ている前でレッドショルダーを大幅に改良してくれたんだもん！

　マニさんのおかげでザコはザコⅡ改に進化を遂げた。見た目からしてカッコよくなっている！　もう嬉しくてたまらないよ。

　その場ですぐに動かしてみたんだけど、これがまた感動ものだった。フレームはかなり重厚になったけど操作性は機敏なままだったのだ。どうして？

「装甲材質を変えたのじゃ。以前のザコより軽い素材を使っておる」

「そっか！　だから出力が上がっているのに、重さは同じなんだね」

　その勢いはミラのドームやガルムのググレカスに迫る勢いだ。短時間とはいえホバー機能まで使えるようになっているなんてステキすぎだよ！

　その分だけ操作に必要な魔力量も多くなってしまったけど、ザコの扱いやすさはやっぱり特別だと思う。

「これで私も優勝が狙えるわ！」

「ホッホッホッ、出力はやはり他の機体には及ばんがのぉ」

「そんな……、嘘だと言ってよ、マーニィ！」

つい神様を呼び捨てにしちゃったよ。まあ、ザコのパワー不足は今に始まったことじゃない。それでもザコⅡ改になったことで、他の機体との差は埋まりつつあるのだ。

「あとはお前さんの頑張り次第じゃぞ」

マニさんに言われるまでもない。これでもう機体の性能を言い訳にすることはできなくなったんだ。しっかり腕を磨いて、いつかルガンダいちのモバフォー使いになってやる！

ま、まあ、そのためにもミシェルさんを倒さないといけないんだけど、それはそれ。志は高く持たないとね。


そのマニさんだけど、地中からとんでもないものを出現させた。メカ生物ゾリドというらしい。機械仕掛けのドラゴンかと思ったんだけど、その認識で正しいようだ。

ユウスケさんとミシェルさんはジェノスブレイカーと呼ばれるそれを動かす気でいるようだ。こんなのが手伝ってくれるのならルガンダの開発もうまくいくのだろう。

認知症気味のマニさんだけど、酸っぱいお菓子を食べたら記憶を取り戻していたな。「そのままブドウ 三個に一個が超すっぱい！」といい「ハイパーレモン」といい、最近は酸っぱい駄菓子が流行っている気がする。でも私は酸っぱいのが苦手なんだよね。

　それなのに先日、ガルムに騙されて食べてしまったんだよ！　あいつがお菓子をくれるなんておかしいと思ったんだ。

　あまりの酸っぱさに悶絶する私を笑いやがって……。いつか絶対に復讐してやるのだ！　でも、あいつバカだから何でも美味しく食べるんだよね。

　私が作った代表的失敗作、水あめ焼きそばも「これはこれでありだ」とか言って一人で全部食べてたもん。ほんと、あきれるほどバカ舌なんだよね……。

DAGASHIYA YAHAGI

第四話　支店を作ろう

ミシェルの勧めもあり、翌日はベッツエルへ行った。場所、家賃（もしくは地代）、税金の折り合いがつけば支店を出すつもりである。これで利益が少しでも上がれば、それだけ俺のレベルも上がるだろう。

ベッツエル領主のライマスさんはちょうど在宅中で、待たされることなく面会ができた。この世界の通信手段は手紙しかないので行き違いは日常茶飯事だ。俺としても今日行って今日会えるとは思っていなかった。ライマスさんが不在のときはホテルで二、三日ほどのんびり待とうと考えていたくらいだ。

うちの商品には組み立てグライダーというのがあるけど、あれは例外である。組み立てグライダーは飛翔魔法が付与されたプロペラ付きで、思い浮かべた場所や人間のところまで飛んでいく。翼にメッセージを書き込めば手紙代わりになるという優れものだ。

こちらは一般に販売することを国によって一方的に禁止されてしまった。冒険者はもとより、外国に売ることだけは絶対にならん、と国王直々に言われている。

軍事や外交において情報はとてつもない武器となる。組み立てグライダーを販売することは重大な利敵行為になるそうだ。

とはいえ、近隣の領主にプレゼントすることまでは禁止されていない。お隣同士でメッセージのやり取りも多くなるだろうから、ライマスさんにも何個か配っておくとしようか。

そうそう、エッセル宰相にもグライダーを飛ばさないとな。内容はマニ四駆についてだ。あの人のことだから商品を取りに使いを寄こすかもしれない。重職に就いてストレスが溜まっているだろうから、せめておもちゃで鬱憤を晴らさせてあげるのだ。

「ようこそ、ヤハギさん。よく来てくださいましたな！」

居間でライマスさんが愛想よく迎えてくれた。奥様も子どもたちもそろっている。なかなかの歓待ぶりである。

「ヤハギさん、こんにちは。僕たちモバイルフォースを動かすのがまたうまくなったんですよ！」

「私もキャンでダンスが踊れるようになりました」

ヘンゼルとグレーテルが満面の笑みを見せてくれた。

「それはよかった。ミシェルもモバフォーのダンスが得意なんだよ。今度、二人で踊ってみせてくれるかな？」

「はい、喜んで」

「今日もお土産を持ってきたんだ」

俺はまずザコⅡ改を取り出す。

「うわっ、新しいモバイルフォースだ！」

ヘンゼルは嬉しそうにプレゼントを受け取った。

「お兄様、私にも見せて！」

ザコⅡ改を兄に奪われたグレーテルは悔しそうに小さな手を振り回している。

「グレーテルさん、お土産はまだあるよ。ほら、新商品のマニ四駆」

「まあっ！」

グレーテルにマニ四駆を手渡すとライマス夫妻も近寄ってきた。

「ヤハギさん、これはどういったものですか？」

ライマスさんは興味津々でグレーテルの手元を覗き込んでいる。おもちゃ好きの夫婦だから、この事態は想定済みだ。俺はさらに三種類のマニ四駆とコースを取り出した。

「こちらの商品はこのコースを走らせて遊ぶものです。カスタマイズもできますよ」

俺はマニ四駆の詳しい説明をした。話を聞きながら家族は次々と車体を組み立てていく。

「なるほど、シャーシ《土台》の種類によってカスタマイズの形も変わってくるのだな」

「コースの種類によって選ぶべきモーターも違ってくるようですわ」

「パワー重視かトップスピード重視か……それが問題だ……」

この夫婦、理解が早すぎないか……？

「ず、ずいぶんとお詳しいようですね？」

ライマス夫妻は夢中になっていて頭を上げずに返事をする。

「ライマス家は代々魔道具を扱う家系なのです。妻のエマも同じ趣味です」

「な、なるほど……」

やがて、四人の車体がそれぞれ組みあがった。

「それでは家族対抗のレースといこうじゃないか！」

さっそくレースをするのか。しょうがない、スタートシグナルもおまけでプレゼントしよう……。


一時間後。

「いやあ、ヤハギさん、堪能させてもらいましたよ。実に楽しいおもちゃだ」

ライマスさんが興奮で顔を上気させながら握手を求めてきた。

「喜んでいただけたならよかったです。実を言えばカスタマイズグッズはまだまだたくさんあるんですよ。また今度お持ちしま、痛たた……」

ライマスさんの目が見開かれ、手の握力が三倍になっていた。

「こ、これは失礼！　つい興奮してしまいまして」

いや、いいんですけどね……。ライマスさんはばつが悪そうに話題を変えた。

「ところで、今日はこれをプレゼントしてくださるためだけにいらしたのですか。そうではないでしょう？」

おっと、ライマス一家の興奮っぷりに大事な目的を忘れていたぜ。

「実はですね、ベッツエルに駄菓子屋ヤハギの支店を作りたいと考えていまして、ライマスさんの許可を――」

「作りましょう！」

「いいんですか!?」

「支店ではモバフォーやマニ四駆の販売も？」

「ええ、改造パーツや便利な道具も売る予定です」

プラモデルのパーツを切り離すために使うニッパーの製作は、すでにサナガさんに依頼済みだ。

「ぜひ出してください！　用地は私どもにお任せを」

「えーと、税金とか鑑札なんかは――」

「無税でけっこうです！　若干の家賃をいただければそれでじゅうぶん！」

「あ、ありがとうございます……」

予想外に事が上手く運ぶな。

「貴方、お店は屋敷のすぐそばに出してもらいましょうよ。その方がなにかと都合がいいですもの」

「そうだな、利便性はなにより大切だ。角の倉庫を改装して使ってもらおう。徒歩二分で買い物ができるぞ！」

お、俺はなにも言うまい。ライマスさんのご厚意に甘えることにした。

建物の準備ができた、とライマスさんからグライダーが飛んできたのは、ベッツエルを訪ねてから一週間後のことだった。ありがたいけど、ちょっと早すぎない？　ライマスさんの並々ならぬ熱意を感じてしまう。

さっそく支店長候補を連れてベッツエルに行かなければなるまい。朝の仕事にかかる前に道で支店長候補の少年に声をかけておいた。

「バット、昨夜ベッツエルから連絡が来たよ。いよいよ出発だ」

バットはナカラムさんの助手をしている子どもたちの一人だ。子どもといってもバットはもうすぐ十六歳になるので、この世界ではすでに成人扱いされる。くりくりとよく動く瞳とそばかすが印象的な元気な男の子で、ぼさぼさの茶色髪は邪魔にならないように後ろでくくられていた。

「やっと来ましたか！」

バットは待ちかねたとばかりに、元気よく立ち上がった。駄菓子屋の支店長を募集したところ、最初に手を上げるくらい活発な子である。

この一週間露店を手伝ってもらったけど、バットは物覚えがよく、商品の値段や内容をすぐに覚えてしまった。会計にも間違いがない。

ナカラムさんも真面目ないい子だと太鼓判を押している。彼なら駄菓子屋ヤハギ・ベッツエル店を任せられそうだという結論に至った。

「とりあえず俺も一緒に行くから心配しなくていいよ」

「それなら怖いことはないですね」

バットが慣れるまで俺もベッツエルで寝泊まりして、その後は三日に一度ほど商品を補充するために通うことにした。

駄菓子屋ヤハギのベッツエル支店は大きな通りに沿った、背の高い倉庫を改装して作られていた。レンガ造りの重厚な建物で、予想以上に立派である。案内をしてくれたライマスさんは会心のドヤ顔を決めてくれたけど、俺としては恐縮しっぱなしだった。

「いかがですかな、ヤハギさん。これだけの広さがあればいくらでも商品を置けますぞ」

「ありがとうございます。でも、ちょっと広すぎませんか？　こんなに立派な店舗を用意していただくなんて……」

しかも家賃は格安なのだ。

「いやいや、ご心配はなさらずに。奥にはモバイルフォースの闘技場やマニ四駆のコースが設置されているのですよ。いつでも私が……みんなが遊べるように」

「それはけっこうなことですね……」

中に入ってみると、床面積の半分以上は闘技場やコースだったので、この広さにも納得だった。

ライマスさんが帰った後、さっそく店の準備に取り掛かった。

「開店、駄菓子屋ヤハギ！」

ブース型の店舗を倉庫の前面に設置した。

「あれ、本店より品数が少ないですね？」

　バットが棚をチェックしながら首をかしげている。

「ここは子どもも多いだろう？　対モンスター用の危険なオモチャなんかは売らないことにしたんだ」

「なるほど。でも、持久力や素早さが上がるお菓子はあった方がいいと思いますけど」

「そうかな？」

「農家とか旅人には欠かせないおやつになるはずですよ」

「それもそうか。だったら蒲焼さん助は目立つところに置いておかないとな」

　あーだこーだと話し合いながら、俺とバットは商品のディスプレイをしていく。

「明日はオープンだから、夕方までに終わらせるぞ」

「はーい。でも、大丈夫ですか。お客さんが多すぎて手が足りなくなったりしないかな？」

「宣伝してないから、お客なんてそんなに来ないさ。俺が初めて王都で店を出した日なんて、来てくれたのはメルルだけだったんだぜ」

「メルルさんとはそんなに古い付き合いなんですか？」

「そうだな。ここへやってきて、最初の友だちがメルルだったよ」

　思えばメルルが10リムガムを買ってくれたのが最初だったんだよなあ。それからミラが来てくれて、ガルムもやってきて……。あっという間に時が過ぎた感じがする。

「ライマスさんが出店のお祝いに来てくれるそうだけど、客はそんなに多くはならないだろう」

「だったら、開店祝いのこの粗品も五十個あれば足りますかね？」

商品名：チョコケーキ
説明　：素朴な味のスポンジにチョコレートがたっぷりかかっている。
　　　　食べるとリッチな気分になりパーティーが盛り上がる。
値段　：50リム（二個入り）

これさえ食べてもらえば、店内が閑散としていても盛り上がってもらえるだろう。お菓子を食べて、おもちゃで楽しく遊んでくれればそれでいい。駄菓子屋とはそういう場所だ。

「一日に三十人も来てくれれば御の字さ」

「ヤハギさん、俺のお給料は大丈夫ですか？」

「安心してくれよ、そこはきっちり払うからさ」

原価は俺の魔力だから赤字になることはない。俺とバットは早めに夕食を済ませ、明日に備えてそれぞれの部屋に引き上げた。

バットの部屋は店舗の二階にあり、今後はそこで生活してもらうことになる。俺はといえば、事務所のソファーが今夜の寝床だ。別にバットと同じ部屋でもよかったんだけど、ミシェルが「ユウスケが少年愛に目覚めたら死んじゃう！」とか、わけのわからないことを言うので、このような仕儀になっている。ミシェルの心配性にも困ったものだ。

横になって本を読んでいると眠気は十ページもいかないうちに訪れた。

翌朝はざわついた気配で目が覚めた。店舗スペースに入っていくと、バットはもう起きていて窓から外を覗いている。

「おはよう、バット。おもしろいものでも見えるのかい？」

「何を落ち着いているんですか、ヤハギさん。これを見てくださいよ！」

やけに興奮しているバットが避けたので、俺もカーテンの隙間から外を見てみた。

「うげっ、マジか？」

そこにあったのは開店を待ちわびる人々の行列だ。

「もう二十人くらいはいるな」

家族連れ、カップル、ソロ、と様々な単位の人がいた。

「さっき会話が聞こえてきました。どうやらモバイルフォースとマニ四駆が目当てのようです」

きっとライマスさんが自慢したのだろう。そうじゃなきゃこんなに人が集まるわけがない。

「どうします、開店を少し早めましょうか？」

「そうだな。これじゃあ外が気になって朝飯も喉を通らないよ」

バットが小さな看板を持ち上げた。

『駄菓子屋ヤハギ・ベッツエル店』

「これを出してきます」

嬉しい誤算だったけど、忙しい日になりそうだ。増援を寄こしてくれるようナカラムさんにグライダーを飛ばしてから、俺とバットは店の扉を開けた。

俺とバットが扉を開けると、行列は五十人に達していた。

「おはようございます。ゆっくりと進んでください」

「押さないように！　押さないようにお願いします！」

二人で大声を張り上げてお客さんを誘導した。

「本日、モバイルフォースとマニ四駆はお一人様につき一点のみの販売となります。皆様に商品がいきわたりますように、ご協力をお願いします！」

「グフフをください！」

「こっちにはググレカスを！」

値段が安いということもあってモバフォーが大人気だ。人々は買った端から組み立てて、奥のスペースで遊んでいる。しばらくするとマニ四駆を買い求める金持ちも現れ始めた。

「はっはっはっ、大盛況ですな、ヤハギさん」

陽気な声のライマスさんがやってきた。家族総出で来てくれたようだ。

「これはライマスさん。おかげさまでご覧の通りですよ。そうそう、鍛冶師のサナガからご依頼の品を預かってきましたよ」

「おお！」

頼まれたのはライマス家の紋章が入った特別製のニッパーだ。プラモ作りには欠かせない道具で、これがあるのとないのではマニ四駆の仕上がりに雲泥の差がある。

「これは素晴らしい。さっそくモバフォーやマニ四駆で試してみましょう」

ライマスさんは新しい車体とカスタムパーツを何点か買ってくれた。ライマスさんだけじゃない。お客さんは行列を作って会計を待っている。娯楽が少ない地方だから目新しい店が気になって仕方がなかったのだろう。

俺とバットだけじゃ手が回らなかったが、ライマス家の使用人が手伝ってくれて、なんとか午前中の商売が終わった。

午後になるとルガンダから手伝いも駆け付け、少しだけ余裕が出てきた。売り上げを確認したけど、ルガンダでの商売とは比較にならないくらい多い。初日ということもあるだろうけど、これだけ売れれば俺のレベルもまた上がるだろう。

主力はやっぱりおもちゃなんだけど、お菓子の売り上げも好調だ。ラムネを飲むと魔力循環が整い、モバフォーをスムーズに動かせる。そのことが知れて一気に売れてしまった。ライマスさんなんて一人で三本も飲んでいたくらいだ。

俺は店を回ってお客さんたちの様子を確認していく。みんなが遊びに興じているのを眺めるのはいいものだ。おや、グレーテルが浮かない顔をして立っているぞ。お父さんに叱られでもしたのだろうか？

「どうしたんだい、グレーテルさん？　ずいぶんと悲しそうな顔をしているじゃないか」

「あ、ヤハギさん……」

事情を訊いてみるとグレーテルさんはマニ四駆で勝てなくて落ち込んでいるようだ。

「父や母はともかく、兄さんにまで負けてしまって……」

ライマス家は勝負事に手を抜かない方針らしく、領主夫妻はカスタマイズした車体でグレーテルさんに圧勝してしまったようだ。ライマス家の家風をとやかく言うつもりはないが、落ち込んでいる女の子を見るのは忍びない。

「ヤハギさん、もっと速くなる方法はないでしょうか？」

「あるぞ」

「どうすれば!?」

「肉抜きという方法がある……」

「なにそれ!?」

グレーテルさんはキラリと目を輝かせた。この瞳の色……代々魔道具師をしていたというライマス家の血か。齢八歳にして並々ならぬ情熱を感じる……。

「効果は保証できないけどな……」

俺は自分が知っている知識を残らずグレーテルさんに伝えた。

開店二日目はお客が減ると思ったのだが、初日より増えていた。評判が評判を呼び来店人数が増えたようだ。おかげで俺のレベルも久しぶりに上がり、新商品が棚に並んだ。

商品名：ダークサンダーチョコレート
説明　：愛がイナズマ級！　食べれば愛の告白の勇気が湧いてくる。
値段　：30リム

こんな駄菓子もあるんだなあ。男女を問わず若い人にヒットしそうな商品だ。俺にはミシェルがいるから、今さら告白もないけど、味を確かめるために食べてみた。

ザクザクの食感とどっしりとしたチョコレート感が非常に美味しい。これはミシェルの好みの味に違いない。帰ったら食べさせてやろうと思っていたら、あちらからベッツエルへやってきた。

「いらっしゃいませ。お探しの商品がありましたらお声がけください」

領主の婚約者としてミシェルは落ち着いた物腰で接客をしながら入ってきた。以前なら「ユウスケが心配で来ちゃった！」とか言いながら駆け寄ってきたのになあ。しっとりと大人の雰囲気が身に着いたミシェルはさらに魅力を増している。

「お店が大変だと聞いて助けに来たわ」

俺のところまで来たミシェルははにかんだ笑顔を見せた。ゾリドを動かすエネルギーパックを開発するためにルガンダに残ってもらったのだが、結局心配をかけてしまったようだ。

「来てくれて嬉しいよ。長い旅で大変だっただろう？　ほら、コーヒーをいれてあげるから、座って新商品を食べてみてよ。きっと気に入るから」

店の隅のテーブルに座らせてダークサンダーをミシェルに渡した。

「まあ、チョコレート？」

「食感がとてもいいんだ。それにね、これを食べると愛の告白の勇気が湧いてくるんだってさ。ちょっとおもしろいだろう？」

「そうね、ユウスケと付き合う前にこれが発売されていればよかったのにって思うわ」

ダークサンダーを食べたミシェルが顔をほころばせた。

「美味しい！　これなら毎日食べてもいいくらい」

ミシェルの甘いもの好きはいまだに変わらない。特にチョコレート菓子には目がないのだ。

「次回のダンジョン探索にはこれを持っていくかい？」

「うん、十個持っていく！　それでね……」

ミシェルがもじもじと体をくねらせる。

「どうしたの？」

「私、ユウスケが好き！」

はっ？　今さら告白？

「死ぬほど好き。死んでも好き！　来世でも好き。魂のレベルで好き。ユウスケがカエルに変身しても大好き！」

「わ、わかった。俺も好きだから……」

「それでね、今からここにいるお客さん全員に帰ってもらって、店の真ん中でイチャイチャしたいくらい大好き。たぶん今夜は寝かさない！」

しっとりとした大人の雰囲気？　あれは勘違いだった！

幸いお客は駄菓子やモバフォーに夢中で、重すぎる愛の告白に気が付いている人はいないようだ。こちらを気にしている人は見当たらなくて、安堵のため息がこぼれてしまう。しばらくは昼夜を問わず忙しくなりそうなのでスタミナ回復系の駄菓子を食べておくことにした。

ベッツエル支店に出張して一週間が経過した。物見高いお客さんも一巡し、ようやく店も落ち着いてきている。そろそろ支店はバットに任せられそうだ。

「それじゃあ、俺は一度ルガンダに帰るよ。後のことはよろしくな」

「え〜、ユウスケっち、帰っちゃうの〜？」

残念そうにしているのはライマスだ。ここ数日店に入りびたりだったのですっかり仲良くなってしまった。

「ごめんライちゃん。でも、俺だってルガンダの領主だしさあ、いつまでも留守にはしておけないよ」

「まあそりゃそうか」

「商品を補充するために三、四日したらまた来るさ。バットのこと、よろしく頼むよ」

「任せといてくれ。どうせ僕は毎日店に来るからねっ！」

ライマスは毎日時間を作って駄菓子屋に遊びにくるので安心だ。領主が立ち寄る店でわざわざ面倒事を起こす奴はいないだろう。安心してルガンダに帰ることができた。

行きはバットと二人だったが、帰りはミシェルと一緒だった。あれからミシェルは結局ルガンダには戻らず、ずっとベッツエルに居続けたのだ。

毎日おやつに食べるダークサンダーチョコレートのせいで重たい告白を聞かせてくれたが、まあ今さらだ。俺が死んだら死霊術で甦らせて愛してくれるという発言以外は引いていない。

「そういえば、ユウスケのレベルはどれくらい上がったの？」

もともとレベルアップのために支店を出したのだ。俺たちの目的は、雷がいつ、どこに落ちるかを調べることにある。ミシェルの疑問はもっともだ。だが、ご期待にそえるほどレベルは上がっていないというのが現実だった。

「実を言うと大して上がってないんだよね。千里眼で未来を見るには程遠いよ」

たぶん今やっても未来は見えないと思う。それどころか魔法の反動で心身ともに深いダメージを負う気がするくらいだ。

「無理だけは絶対しないでね」

ミシェルは心配そうに俺を上目遣いで見た。

「わかってる」

「私、あんなこと言ったのを後悔しているの」

「あんなこと？」

「ほら、ユウスケが死んだら死霊術で甦らせるっていう……」

「あれか……」

「あれは訂正するわ。ユウスケが死んだら私も死ぬっ！　天国で一緒に幸せになりましょう!!」

どっちにしろ重たいけど、多少はマシになったかな？　どうやら化け物にされることは免れそうだ。

「俺が死ぬことなんて考えるなって。二人の幸せだけを考えようよ」

俺が死んだ後も生きてくれとは言えなかった。それがミシェルにとっていいことなのか、それとも悪いことなのかわからなかったからだ。

生きることが幸福で、死ぬことが不幸。生物の本能的にはそうなのかもしれない。ただ、一度死んだ俺からすると、なんとも結論の出ない問いであった。

街道を外れるとたちまち悪路になった。ルガンダへの道はまだまだ荒れている。いずれゾリドを使ってこの道がよくなれば住民にとって便利になるだろう。

「もう少し頑張らないとな……」

馬上で手を伸ばすと、横に並んだミシェルは無言で握り返してくれた。

冒険者メルルの日記　4

　ユウスケさんはベッツエルに駄菓子屋の支店を作ったそうだ。本店の方が品ぞろえはいいようだけど気になってしまう。ベッツエルまではここから徒歩で二時間半くらいだ。行ってみようかしら……。

　支店長になったバットのことも気になるのよね。頭のいい子だったからチーム・ハルカゼにスカウトしたかったんだけど、断られてしまったのだ。

　といっても、恨みがあるわけじゃない。危険と背中合わせの冒険者よりも駄菓子屋の支店長の方がいいに決まっているもん。

　もっとも、私はまだ職業を変える気はない。やっぱり冒険者は儲かるからね。ここでお宝を見つけて、ドドンと稼いで、いつかルガンダで雑貨屋を始めるのが私の夢なのだ。

　それに私は支店長をやるよりもお客でいたいんだよね。お店の人になったら今みたいに当たりクジ付きのお菓子やスクラッチカードを楽しめなくなっちゃうもん。

　当然と言うべきか、ベッツエルでもモバイルフォースやマニ四駆の人気が上がっているらしい。

　しかも支店の奥にはいろんなコースや闘技場が設置されていると聞いた。ベッツエル領主のライマスという人がお金をかけて作ったそうだ。

こんな話を聞いたらますますベッツエル支店に行きたくなっちゃうなぁ。あっちのプレイヤーとも対戦してみたいよ。マニ四駆のコースだってここととは違うんだろうな……。

私も新しい闘技場やコースで遊んでみたいけど、忙しくしているユウスケさんにそんなことは頼めない。ミラにも我慢しなさいと諭されてしまった。

土魔法が使えたら私が作ってもいいんだけど、私が得意なのは身体強化系なんだよね。その意味ではリガールもミラもマルコも役には立たない。

ダメもとでティッティーに頼んでみた。なんと「まあいいけど……」という返事が返ってきた！　こっちから頼んだとはいえ、驚きだよ。あのティッティーが私の頼みを聞いてくれるなんてさ。

ティッティーに確認したら、「マルコがお世話になってるから、そのお礼」と言われた。なんだかんだであの二人も愛し合っているんだなぁ……。人前ではそんな素振りも見せないけど、二人っきりになるとマルコには甘えるらしい。

人を見れば威嚇する猫が飼い主にだけ甘えるのと一緒かな？　どちらかというとティッティーの方が飼い主みたいに見えるんだけどね。

ティッティーは土魔法が苦手みたいで、出来上がったマニ四駆のコースはゴツゴツしていた。ところがこれが大人気になった。ラリーコースというものらしい。さっそくマニさんがラリー用のマシンを作って販売してくれた。

新しい扉を開いてくれたティッティーには感謝だね。

DAGASHIYA YAHAGI

第五話　ゴールデンシープ

ルガンダには日暮れ前に着いた。一週間しか離れていなかったけど、なんだか懐かしい気がした。

「ヤハギ様！」

マッチョな巨体を揺らしながらナカラムさんが小走りに駆け寄ってきた。相変わらず迫力のある見た目だ。実は情が細やかで、争いが嫌いな人なんだけど、見た目だけはかなり怖い。ウサギを飼うのが趣味で、庭一面に柔らかい葉っぱを植えるような人なんだけどね。

「ただいま戻りました、ナカラムさん。なにかいいことでもありましたか？」

興奮した様子だけどナカラムさんの顔に憂いはない。きっとおもしろい事件でも起こったのだろう。

「おかえりなさいませ。実は一昨日、ついにゴールデンシープが討伐されました」

ルガンダを騒がせていた一攫千金のモンスターがついに討伐されたか。

「それで金羊毛は？」

「きちんとドロップされました。今は私が預かっておりますが、このような貴重品を手元に置いておくのは身の縮む思いでしたよ。昨晩もよく眠れなかったくらいです」

困った顔で身をすくめるマッチョマンは気の毒なほど目の下にくまを作っていた。

ゴールデンシープを討伐したのはゾンダーという冒険者だった。年齢は三十代前半で、普段からソロで活動をしているそうだ。もともとは王都のベテランチームの一員だったけど、地下五階でゾンダー以外のメンバーは全滅したそうだ。

生き残ったゾンダーだったけど、それ以後は誰とも組まずに一人でダンジョンに潜っていたそうだ。

「心機一転、地方でやり直そうとしたんだが、まさかこんな大物を討伐できるとは思わなかったぜ」

短い頭髪に精悍な顔つき、体に無数の傷痕がある中年冒険者は静かな笑みをたたえている。

「なににせよ、おめでとう。これでまとまった金が手に入るね」

「まあそうなんですけど、これを売りさばくっていうのも大変だからなあ……。ご領主様、何とかなりませんかね？」

金羊毛を売るのなら都会の方がいい値段はつく。ただ、王都までは遠いし、強盗に遭うなどのリスクも多いのだ。手にした現金を盗まれることだって考えられる。

「心配なら一緒に王都へ行くかい？　月末にはたまった魔石を売りに王都へ行く予定なんだ。エッセル宰相にもお会いするから、よさそうな貴族や商人を紹介してもらうよ」

「そいつはありがたい。ぜひお願いします！」

これも領主の務めだ。俺は天秤屋台を出して金羊毛を括りつけた。その状態で「閉店」と念じたので、金羊毛は天秤屋台と一緒に次元の狭間に収納されてしまった。お宝を盗み出せる者はもういない。

「それじゃあ、王都へ旅する準備だけはしといてね。護衛にはミシェルもいるから安心だよ」

「騎士団中隊が相手でも蹴散らせますね」

「一個大隊だって蹴散らすわよ。ユウスケのためだもん！」

世を戦国時代にしたいわけじゃない。盗賊から仲間と財産を守ってくれればそれでじゅうぶんだ。

「やりすぎはダメだぞ。地形を変えちゃうのもなしだ。王室地理院から文句を言われるからね」

「わかってる」

ミシェルの肩に手を置くと、彼女は嬉しそうに頬ずりをした。周囲のみんなはドン引きしていたけど……。


あっという間に王都へ旅立つ日がやってきた。一緒に行くのは俺とミシェル、金羊毛をゲットしたゾンダーだ。

「いいなぁ、私もたまには都会で遊びたいわ」

文句を言うティッティーに思わずツッコミを入れる。

「あんた、王都へ行ったら今度こそ縛り首だぞ！」

「わかっているわよ。ちょっと冗談を言ってみただけじゃない！」

本当にわかっているのかね？　緊張感のない流刑者だと思うけど、今はルガンダの治癒士として頑張っているからよしとするか。ティッティーに救われた命は両手の指では足りないくらいだ。

「ティッティー様、お金が貯まったら外国の首都にでも行ってみましょう。そこなら縛り首にはなりませんから」

ニコニコと笑うマルコを見て脱力してしまった。

「マルコは大物になるよ」

「そうでしょうか？　だったら頑張らないと」

生真面目なマルコは俺の言葉を額面通りに受け止めている。そんな俺たちのやり取りを見てリガールが一際大きなため息をつく。

「僕に言わせればどっちもどっちですよ。お二人ともよくやっていけますよね……」

ほんっとに最近のリガールは生意気だ。とはいえ、俺にはいろいろよくしてくれるんだけどね。

後のことをナカラムさんにお願いして、俺たちはルガンダを出発した。

駅馬車を使用したので旅は早かった。荷物は一軒家に入れて収納してあるので、手持ちの品も少ない。旅はサクサクと進み、あっという間に王都へ着いてしまった。

王都ではまず魔石を販売した。国営の買い取り所は倉庫街の一角にある。今回の卸し価格はトータルで１６７２万リム。ここから冒険者への支払いと10％の税金を差っ引いた金額が領主の取り分だ。

ダンジョンの開拓を始めて一カ月ほどだけど、なかなかの収入になった。これだけあれば川の護岸工事に手を付けられそうだ。

今あるのはボロいから、しっかりした洗濯場や水汲み場を作ってあげたい。帰ったらさっそく職人を募集するとしよう。


昔馴染みに会いに行くというゾンダーと別れて、俺は行政府にエッセル宰相を訪ねた。ここに宰相の執務室があるのだ。

あらかじめグライダーでメッセージを送ってあったので、訪問はすんなりとかなった。エッセル宰相はまさに時の人で、面会は非常に難しいと聞いていたが、俺のためにわざわざ時間を作ってくれたようだ。

実際、もう夕方になるというのに長い廊下には順番を待つ人が十五人もいた。

「ヤハギ殿、久しぶりだな」

豪勢な執務室でエッセル宰相は両手を広げて俺たちを歓待してくれた。

「ご無沙汰しております。それにしても立派な執務室ですね」

選び抜かれた材木を使った床や壁はピカピカと輝き、重厚な家具が品よく並べられている。

「ははは、もともとは前王妃の遊戯室だったそうだよ。どうかね、ティッティーは元気にしているかね？」

「ええ。多少の文句は変わりませんが、憑き物が落ちたみたいに暮らしていますよ。今じゃ冒険者に慕われる治癒士兼魔法使いです。口には出しませんが彼女なりに贖罪《しょくざい》のつもりなのでしょう。治療費もほとんど取っていません」

「あの前王妃がねぇ。人生とは何があるかわからんものだな」

「それはもう、駄菓子屋が領主になるような世の中ですから」

「ははは。ところでヤハギ殿……」

　エッセル宰相はきまり悪そうに手を揉んだ。

「どうなさいましたか？」

「ほれ、あれだ。手紙に書いてあったマニ四駆とかいう新商品なのだが――」

　切れ者宰相は新しいおもちゃが気になって仕方がなかったようだ。これ以上焦らすのは酷というものかな？　さっそくお土産を渡してあげるとしよう。

「もちろん持って参りましたよ。はい、こちらです」

「おお！」

　俺が取り出したマニ四駆の箱に宰相は眼を輝かせた。

「それからこれはモバフォーの新機種、ザコⅡ改です」

「おおおっ!!」

「それと、エッセル家の紋章が入ったニッパーもどうぞ」

「ニッパー？」

「こうやって使うんですよ」

俺は箱からマニ四駆の部品を取り出して宰相の前で使い方の実演をしてやった。

パチンッ！

「うおおおっ！」

宰相はさっそくニッパーを使ってザコⅡ改の部品を外していく。

「これはすごい！　仕上がりの断面が非常に美しいじゃないか」

「気に入っていただけたようですね」

「それはもう。今日はヤハギ殿に会えて本当によかった」

随分と機嫌がいいみたいだから、今のうちにお願い事をしておくか。

「ところで宰相、お願いがあるのですが」

「ん、なんだろうな？」

何気ない風を装いながらも、エッセル宰相が少しだけ身構えた気がした。毎日毎日陳情を受けている身だから、こうしたお願いに辟易しているのかもしれない。

「大したことでありません。宝物を扱う商人などを紹介してもらいたいのです」

「ほう、宝物とな？」

俺のお願いが大して苦労のないものとわかり、宰相の態度も元のように和らいだ。

「実はダンジョンで金羊毛をゲットした冒険者がおります。それで販売先を探しているのです」

「金羊毛だと！　それは、身につけているだけで財産が目減りしないというあれかね？」

「それです」

「買った！」

話が早すぎるぞ。

「お売りするのは構わないのですが、随分と性急ですね」

「いや、金羊毛を欲しがらない資産家はいないぞ。ふむ、もう少し時間が欲しいな……」

宰相は机の上のベルを取って小さく振った。するとすぐに事務官が扉を開ける。

「本日の面会はここまでだ。残りの者には私の名刺を渡してやれ。明日の朝一番に面会を受け付けるから」

事務官は一礼して部屋を出て行った。

「よろしいのですか？」

「毎日毎日朝から晩までこき使われているのだ。今日くらいヤハギ殿と息抜きをしても罰《ばち》は当たらないだろうよ」

そういえばエッセル宰相の眉間のあたりに疲れが滲んでいるような気がする。今日くらいは趣味に没頭させてあげるのもいいかもね。

「さて、話の続きは夕食を食べながらにしようじゃないか。ホテルへ使いをやってミシェル殿にもご一緒してもらおう。新型でチャンピオンにお手合わせを願いたいからね！」

宰相殿は夏休みの子どものようにはしゃいでいた。

金羊毛は500万リムでエッセル宰相が買ってくれた。相場より少し高い値段がついたので、ゾンダーとも話し合ってこの価格での販売となった。

相手がエッセル宰相だから現金の受け渡しもスムーズだ。金は俺の立会いの下に支払われ、再び天秤屋台で時空の狭間にしまった。

金羊毛の他に、委託販売しているモバイルフォースもエッセル宰相に渡しておいた。こちらは三百箱。新たに取り置いておいたマニ四駆も百箱を渡している。宰相は大喜びで、王都でこれらのおもちゃを広めることを約束してくれた。

「これは社交界で流行すること間違いないな」

「社交界でですか？」

領主になったとはいえ、俺にはとんと縁のない世界だ。

「そうさ、今や有名サロンの遊戯室でモバフォーの闘技場がないところはないくらいだよ。これからはマニ四駆のコースも置かれるだろうな」

「はあ……」

お偉いさんたちが豪華な遊戯室で、モバフォーやマニ四駆で遊ぶのか……。なんだか実感がわかないけど好きにやってくれという感じだ。俺は駄菓子屋の方で忙しい。

「これからも定期的に持ってきてくれるとありがたい」

「二カ月後くらいにまた来ますよ」

「できれば来月にも来てほしいな。どうせすぐに売り切れてしまうぞ。旅費もこちらで持つから頼むよ」

　エッセル宰相に委託している分はすぐにはけてしまうそうだ。

「近々、また王都でモバフォーの大会も開催する予定なのだ。今回は私が主催することにしたよ」

「宰相が直々にですか？」

「うむ、エッセルスーパー杯《カップ》と銘打って、大々的にやるつもりだ」

　売り上げが増えれば、それだけ俺のレベルも上がるだろう。大会には全面的に協力することを約束した。

　と、このように有意義な商売を終えて、俺たちは王都から帰還した。


　ルガンダに到着したのは夕方だったので、仕事を終えた冒険者たちと帰りが重なった。離れていたのは十二日ほどだけど、随分懐かしく感じる。みんなは口々に俺たちの帰りを喜んでくれたけど、特に激しく歓迎してくれたのはメルルだった。

「おがえりなざいぃぃいいいいい！」

「ど、どうしたメルル。なにも泣かなくてもいいだろう？」

「だって、私をこんな体にしたのはユウスケさんですよ！」

「はあっ？」

　ミラが苦笑しながら説明してくれる。

「メルルはくじを引けなくて、禁断症状が出ているんですよ。スクラッチカードや10リム玉チョコがメルルの日課でしたから」

俺の売っている駄菓子ってそんなにヤバいものだったの？

「当たりクジ……、当たりクジ……」

メルルは震える手を俺に伸ばしてくる。

「わかった。すぐに露店を出してやるから落ちつけ！　新商品もあるからな」

商品名：ゲッター麺！
説明　：一口サイズのラーメン風スナック菓子
当たり金券付き（100リム、50リム、20リム、10リム）
食べると、低出力ながら口からビーム（光属性魔法）を一発撃てる！
値段　：10リム

「ゲッター麺……一つ……ちょうだい……」

息も絶え絶えにメルルは10リム銅貨を渡してきた。

「危ないからビームに気をつけろよ」

低出力ビームの威力はスタンガンより弱いらしく、魔物相手にも威嚇にしかならない。でもやっぱり危険なので注意はしておいた。

「あ、震えが止まった」

商品を渡した途端、メルルの表情に生気がよみがえっている。おいおい……。周りの心配をよそにメルルはイキイキとシールをめくった。

「ど～れ、金券は……うがーっ、ハズレだ!!」

またこのくだりかっ！　いつも通りすぎて、ルガンダへ帰ってきたことをしみじみ実感してしまったくらいだ。

腹立ちまぎれにメルルが放ったビームがガルムのお尻に命中したり、怒ったガルムがゲッター麺を買って応酬したり、マイペースのミラがやっぱりゲッター麺を買って１００リムの金券を引き当ててメルルが嫉妬したりしたけど、おおむねルガンダは平和だった。


「かんぱーいっ！」

冒険者たちは歓声を上げながら陶器のジョッキを高く掲げた。なみなみと注がれたエールが次々と胃袋へ収められていく。壁すらも碌《ろく》にない掘っ立て小屋で、ある者は樽の椅子に座り、またある者は立ったままで酒杯を重ねていた。

ここはルガンダに建てられた最初の商店にして、今のところ唯一の酒場『ゴールデンシープ』である。

金羊毛をゲットしたゾンダーが、それを売った金で開いたのがこの店なのだ。本日開店ということで店は人で溢れかえり、陽気な声があちらこちらで響き渡っていた。

ゾンダーは手に入れた５００万リムでロバと荷車を買い、最寄りの村で酒を仕入れて、この店を開いた。今のところあるのはエールとバクスチという蒸留酒だけだが、酒場ができたというだけでルガンダの冒険者たちは満足しているようだ。

「おめでとう、ゾンダー。ルガンダに酒場ができて俺も嬉しいよ。これ、開店祝い」

酒のつまみになりそうだから、カレーせんべいとイカ串をポットごとプレゼントした。

「こいつはありがとうございます、ヤハギさん。さっそく店で出してみますよ。今夜は楽しんでいってください」

俺と話している間にも注文が入り、ゾンダーは慌ただしく酒を注ぎに行ってしまう。口に含んだエールはちょっと酸っぱかったけど、俺は構わずに二口、三口と飲み下した。ルガンダが少しずつ発展しているのが嬉しかったのだ。

「ユウスケ、嬉しそうね」

隣に座るミシェルも頬を染めながらジョッキを傾けている。

「ああ、とってもね」

ミシェルと外で酒を飲むというのもいいものだ。考えてみれば、こんなのは王都を出て以来だ。

「また二人で来ようぜ」

「うん！」

小さく乾杯し、残ったエールを飲み干した俺たちはゾンダーを呼ぶ。

「ゾンダー、お代わりを頼むよ！」

「私にもお願いね」

「へいっ！」

その日のゴールデンシープは遅くまで人が絶えなかった。


ルガンダダンジョンの探索は順調に進んでいた。これは最前線で強敵を撃退するミシェルと、救護ポイントで治療にあたるティッティーの功績が大きい。この姉妹のおかげで、今のところ死者を出さずにやってこられているのだ。

ゾリドに組み込む大型のエネルギーパックの材料もそろいつつある。ミシェルによれば進捗率は50％くらいとのことだ。

むしろ問題は俺のレベルアップの方だろう。まあ、焦って販売網を広げるのもよくないので、のんびりとやるつもりでいる。雷がいつどこに落ちるかさえわかれば苦労はないんだけどなあ……。

「マニさんは神様なんだから、雷がいつ落ちるかわからないの？」

店舗の座敷でのんびりとお茶をするマニさんに訊いてみた。

「儂は機械神だからそんなのは知らん。そういうのは姉ちゃんの……姉ちゃんの……。あれ、姉ちゃんの名前はなんだったかな？」

だめだ、こりゃ。マニさんには期待できそうもないから、やっぱり俺が頑張らないとな。レベルを上げて、千里眼で未来を垣間見られるようにしないと。

時刻はそろそろお昼になろうとしていた。この時間は客もなく、俺も暇を持て余している。

「そういえばマニさんは機械神だけど、この世界では機械ってあんまり見かけないよね」

ちょっと思いついたことを口にしたら、マニさんは悲しそうな顔になってしまった。

「機械文明は数千年前にほろんだのじゃよ」

「そうなの!?　それはこの地で？」

「なんのことじゃ？」

「滅んだ機械文明だよ」

「機械文明があるのか!?」

いつものマニさんに戻ってしまったか……。でも、ゾリドみたいなものがあるのだから、発掘したら大昔の機械とかが出てくるのかもしれない。

文明が滅んでいるからマニさんはこんなに元気がないのかも。ゾリドが復活したら若返るかな？　機械文明を広めるなんていうのは面倒だけど、マニさんが喜んでくれるなら少しくらいはお手伝いしたい。

「そのうちにゾリドが動くところを見せてあげるからね」

「ジェノスブレイカーが動くのか？　久しぶりにあれが飛ぶところを見たいのぉ」

「あれ、飛ぶの!?」

「当然じゃ」

機嫌よさそうにお茶をするマニさんの背筋がさっきより伸びた気がする。

「マニさん、姿勢がよくなってないか？」

「ふぉっふぉっふぉ、そうかのう？　この地に住む人が増えているからかもしれん。それからマニ四駆の人口もな」

信者が増えると力を増すって感じか？　マニ四駆が走れば走るほど力を取り戻したりするのかもしれない。

二人でお茶を飲んでいたら、酒場の主のゾンダーが訪ねてきた。

「いらっしゃい。どうしたの？」

「つまみのカレーせんべいとイカ串を仕入れにきたんですよ」

ゾンダーはポットごと買ってくれる、いいお得意さんだ。

「商売繁盛みたいでよかったね」

「まあそうなんだけど、最近お客がどんどん贅沢になっているんですよ」

「冒険者たちが？」

「そう。やれ酒の種類を増やせだの、もっと腹にたまる食い物を用意しろだの、うるさくってしょうがねえ。こちとら元冒険者で、碌に料理もできないっていうのによ」

ゴールデンシープにある酒はエールとバクスチ、つまみはカレーせんべいとイカ串しかない。客から多少の文句が出ても仕方がない気がするが……。

「今日は違うお菓子を買っていくか？　種類が増えればみんなも喜ぶかもしれないぞ」

「そうだなあ。安くて食いでのあるものは……。お、あれは何だい？」

ゾンダーは棚の一角を指し示した。

商品名：たこせんべい
説明　：たこ粉などが練りこまれた大きく薄いせんべい。
食べると手や足にできたタコがとれる。
値段　：20リム

たこせんべいは一袋二十枚入りでバラ売りもしている。一枚がでかいから、これなら腹ペコ冒険者も満足してくれるかもしれない。だけど、どうせならこれを使ったいい食べ物がある。

「そうだ、たませんを作ろう」

「たません？　俺に難しい料理は……」

「大丈夫さ。これだったらゾンダーにもできると思うぜ」

たませんというのは名古屋地方発祥の食べ物だそうで、材料にたこせんべいを使う。

「まず鉄板でちょっと潰した目玉焼きを焼くんだ」

焼きそば・もんじゃ用の鉄板に火を点けて卵を落とした。

「卵を焼いている間に、たこせんにソースとマヨネーズを塗るぞ」

ソースは焼きそば用を流用する。マヨネーズはミシェルが作り置きしているものを使った。

「たしかネギも入れるんだけど、ミライさんが山で採ってきてくれたノビルで代用しよう」

ノビルは日当たりの良い場所に生えている山野草だ。茎の部分は分葱《わけぎ》と同じ味がする。本当は天かすも入れたいのだけど、今日のところはなしで済ます。

「ソースとマヨネーズを塗ったたこせんに焼き上がった卵を載せて、刻んだノビルを振りかける」

ゾンダーがごくりとつばを飲み込んだ。

「最後にたこせんべいを二つに割って具材をサンドすれば……できあがりだ！　三つ作ったからみんなで試食してみようぜ」

俺たちはたませんにかぶりついた。

「うめえ……」

「ホッホッホッ、初めて食べる味じゃのぉ」

二人とも顔をほころばせながらたませんを頬張っている。食の細いマニさんも完食してしまったくらいだ。どっしりとした目玉焼きがパリパリのせんべいに挟まっているので食べ応えがある。ソース&マヨとの相性も抜群だ。

「これならゾンダーにも作れるだろう？　特別にソースも売ってやるから店で出してみなよ」

ルガンダの店がグレードアップするのなら多少の協力は惜しまない。

「ありがてえ！　それじゃたこせん二袋とソースを一瓶たのんます。帰ってさっそく作ってみますよ」

ゾンダーはその日の夜から「たません」をメニューに加えた。新商品は冒険者たちに大人気で、ゴールデンシープの看板メニューになっていく。

やがて、たません愛に目覚めたゾンダーはマヨネーズを自作し、天かすをも作るようになる。そしてついにはオリジナルソースまで作り出し、果てはチーズ入りたません、焼きそば入りたませんなどを開発していくのだ。

夜は酒場で、昼は屋台で「ルガンダダンジョン幽体離脱体験ツアー」の客たちにたませんを売るゾンダーは一代でまとまった財産を作り、のちにルガンダの地に瀟洒《しょうしゃ》な家を建てることになる。人々は身を粉にして働いたゾンダーに敬意を込めて、その屋敷を「たません御殿」と呼ぶのだった。

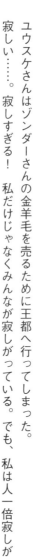

冒険者メルルの日記　5

ユウスケさんはゾンダーさんの金羊毛を売るために王都へ行ってしまった。

寂しい……。寂しすぎる！　私だけじゃなくみんなが寂しがっている。でも、私は人一倍寂しがっている。だって、これから当分くじを引けない生活が待っているんだもん！

はあ、まだ三日目だというのにもう禁断症状が出ているよ。10リムガムが買えないのがこんなに辛いだなんて思ってもみなかった。

露店のないダンジョン前を見ていたら涙が溢れてしまったくらいだ。

「それはやばいですよ、メルルさん」

リガールに呆れられたけど、どうしようもないのだ。私の体をこんな風にしたユウスケさんが恨めしい……。

ユウスケさんが王都へ行ってしまったのは寂しいんだけど、楽しみにしていることもある。実は内緒で買い物をお願いしたのだ。買ってきてほしいのは新しいベッドカバーだ。こちらの冬はかなり寒そうなのでついつい甘えてしまった。

やっぱり王都の方がかわいいのがそろっているからね。本当は自分で選びたかったけどこうなったら仕方がない。ユウスケさんのセンスを信じるとしよう。暖色系と指定しておいたから大丈夫だとは思う。

少なくともミシェルさんが選ぶよりはマシだろう。だってミシェルさんだと黒い薔薇のレースとか、ゴスロリチックなのを選びそうなんだもん。

ミシェルさんのかわいいは危険である。やっぱりあの人は世間一般からずれているんだよ。それだったら一緒に行くゾンダーのおっちゃんに頼んだ方がマシかもしれないのだ。

やったー！　ついにユウスケさんが帰ってきた。嬉しくて、嬉しくて、すぐに露店を開いて、と甘えてしまった。

でも、さすがはユウスケさんだね。私のリクエスト通りすぐに店を出してくれたんだもん。それに新商品まで勧めてくれたんだ。

ゲッター麺のくじはハズレだったけど、そんなことはどうでもよかった。ユウスケさん達が無事に帰ってきてくれて本当によかったと思う。

ついはしゃいで、バカをやって、口からビームを出してガルムのお尻に当ててしまった。なんか上機嫌な自分が恥ずかしかったんだよ。照れ隠しってやつだね。

たぶんガルムも同じだったんじゃないかな。アイツもゲッター麺を食べて反撃してきたけど、すごく嬉しそうだった。みんなユウスケさん達が無事に帰ってきて安心したんだと思う。あのミラでさえゲッター麺でビームを撃っていたんだから！

DAGASHIYA YAHAGI

第六話　選考会

ルガンダはまた少し発展した。牛、ヤギ、鶏が増えたし、入植者も今月は三人あった。掘っ立て小屋ばかりだった住宅地にも、きちんとした家が建ち始めている。

目下のところ頭痛の種は女性が少ないことだ。人口における男女比は七対三くらいで、男はいつも余っている。そのせいか女を巡る争いが絶えない。逆に女はやたらとモテる。ミシェルを除いては……。

「なんつーか……、姐さんを支えられるのはヤハギさんだけっすよ。他の人間だったら秒で押しつぶされます。伝説の重力魔法より怖いっす」

ガルムにそう言われた。いや、俺にとっては浮気の心配がなくていいんだけどね……。

「しょっちゅう言い寄られて困っちゃうよ」

とはメルルの談だが、悪い気はしていないようだ。モテモテで鼻高々の様子が垣間見える。それが鼻につくのかリガールはちょっと不機嫌である。メルルを慕っているから軽い嫉妬なのかもしれない。

ミラはメルル以上にモテモテだけど、いつもと変わらない。天然でのほほんとしていて、男たち

の誘いを受け付けず、マニさんとほんわか過ごしていることが多い。マニさんにとってもミラはお気に入りのようで何かと気にかけている。

ダンジョンには渡りの冒険者もやってくるようになった。入場料は千リムなのでいい収入になっている。ただ、冒険者には荒くれ者が多く、少し治安が悪くなってきたようだ。放置することもできないのでミシェルに警備隊長をお願いした。

「私に任せておいて。ユウスケの領地で悪さをする奴なんて絶対に許さないわ。片っ端から地獄行きよ！」

「刑罰は法律にのっとってな……」

ミシェルのおかげで犯罪行為はピタリと止まった。質の悪い奴らにはキツイお仕置きをしたらしく、みんな蒼い顔をして逃げ出したそうだ。お仕置きにはティッティーも加わったそうだが、内容については教えてもらえなかった。

いったい何をしたんだ……？

そういえばダンジョン体験ツアーも盛んに行われている。近隣の富裕層にとってルガンダは今一番ホットな場所だそうだ。

俺の店もゾンダーの屋台も繁盛している。もんじゃやたませんを食べるために、わざわざ二時間もかけて馬車で来る人もいるくらいだ。

そんな中、今日は珍しい客がやってきた。やけに立派な馬車が露店の前に停車したと思ったら、中から細身の紳士が降りてきた。背も高く、全体に棒キャンディーみたいな印象を受ける人だ。その人は嬉々とした顔で店の商品を見回している。

「いらっしゃい、何かお探しですか？」

「自分はバラストの町を治めるペッポー子爵です。貴方がルガンダの領主のヤハギ殿かな？」

バラストといえばベッツエルの反対側にある大きな町じゃないか。ここからだと馬車で二時間半ほどの距離があったはずだ。

「これは、これは、こんな森の中までよくいらしてくださいましたね」

さっそく領主館へ招待しようとしたのだけど、ペッポー子爵は楽しそうに露店の商品を見ている。興味があるのだろうと判断した俺は、その場で椅子を勧めた。

「まだ道の整備が思うように進んでいません。ここまで来るのに大変ではなかったですか？」

「いやいや、噂の駄菓子屋のためです。あれくらいの苦労などどうということもありませんよ」

やはりペッポー子爵も駄菓子屋目当てで来たんだな。

「今日は日差しが強くて暑かったでしょう？　さあ、ラムネをどうぞ」

「おお、これがラムネですか！」

「ご存じで？」

「ライマスさんに手紙で自慢されたんですよ。この地方でいちばん流行している飲み物だそうですね」

前世におけるコーラの黎明期《れいめい》みたいになってきたな……。

「で、先日ベッツエルに商用で行ったときに、駄菓子屋ヤハギ・ベッツエル支店へも顔を出したのです。ところがあいにく売り切れで、ようやく今日ありつけたというわけです」

「ベッツエル支店にまで行っていただき、ありがとうございました」

「礼には及びませんよ。おかげでガンガルフとググレカスを買えましたからね。それに、マニ四駆も手に入れたんですよ」

この人もおもちゃ好きか……。

「さっそく職人に命じて闘技場とコースを作らせた程はまっていますよ！　いかがですかな、あとで一戦？」

「ははは……、お手柔らかに……」

ペッポー子爵は眼を爛々と輝かせて迫ってくる。これは断れそうにないな。まあ、競技人口が増えるのはいいことだ。

こんな会話をしていたら、森の中から家畜の行列がやってきた。見れば牛が三頭、ヤギが十頭、籠に入ったニワトリもたくさんいる。おまけに馬まで一頭いるではないか。

「な、なにごと？」

驚いているとペッポー子爵が機嫌よく説明してくれた。

「本日はお土産を持ってきたのです。新領地には欠かせないものでしょう？　気持ちよく受け取ってください」

「これは恐縮です。いや、実にありがたいのですが……」

家畜は喉から手が出るほど欲しいのだけど、素直に受け取ってしまっていいのかな？　妙な頼み事などされたら困りものだぞ……。

「そのかわりと言っては何ですが、一つお願い事がありましてな……」

やっぱり裏があったか！　俺は思わず身構える。

「私も領主になったばかりでいろいろと大変でして……。ご期待にそえるかどうかはわかりませんよ。で、どういったことでしょうか？」

軽い牽制を織り交ぜながら真意を聞いてみた。

「どうでしょう、バラストにも駄菓子屋ヤハギの支店を作ってみませんか？」

「はっ？」

「私もモバイルフォースやマニ四駆で遊び……、よその文化を吸収したいのです！」

う～ん、本音がダダ洩れだ。ラムネの栓を開けるとき以上にこぼれちゃってるぞ。だが、レベルを上げたい俺にとって、バラスト支店の話は非常にありがたい。

「それはありがたいお申し出ですが、税金などは……」

「家賃だけで結構です。場所は……屋敷の近くがいいな……。よし、適当な家を建てるとしましょう」

太っ腹！　自分の満足のためには財貨を惜しまない金持ちだな。

二人で支店について話し合っていたら、豚をたくさん積んだ荷馬車がやってきた。何事かと眺めていたら、後続の馬車から大柄な紳士が降りてこちらにやってくるではないか。

「やあやあ、ペッポー子爵。そして、こちらがルガンダの領主のヤハギ殿ですな？」

「そうですが、貴方は？」

「トスケアの領主、ゴゴリクです」

　ベッツエル、バラスト、トスケアの三つがこの地方の主要な町だ。ゴゴリクさんは大きなお腹を揺らしながら豪快に笑った。

「わっはっはっ、今日は手土産にトスケア名産の豚を二十頭お持ちしましたぞ。こいつは脂の甘みが自慢でしてな！」

「あ、ありがとうございます。しかし、いきなりこんなによくしてもらっては……」

「なんの、お隣同士、領主は助け合わなくてはなりませんよ。ところで、ヤハギ殿にお願いがあるのですが」

　え、もしかして……。

　やっぱり支店の話だった。しかも、条件はやっぱり超厚遇。もちろんありがたく支店を出すことにしたよ。これで俺のレベルも上がりやすくなるだろう。近隣の領主たちともお近づきになれたのでよかったと思う。

　ペッポー、ゴゴリクの両領主にはモバイルフォースとマニ四駆の全種類、パーツ、駄菓子の数々をお土産にお渡しした。

支店を三つも出したおかげだろう、少し冷え込みがきつい夕方、またレベルが上がった。ありがたいことである。

「どう、ユウスケ。未来は見えそう？」

二人きりのリビングでミシェルがワクワク顔で訊ねてくる。

「どうだろう？　さすがに無理のような気がするけど……」

口では否定しながらも、ラムネを飲んで魔力循環を整えた。そしてマジカルステッキを右手に持ち、軽く振りながら魔法を発動する。

「千里眼！」

いつものように体から魔力がごっそりと抜ける感覚があったが、以前ほど危険な感じはない。眩暈《めまい》も少なく、少し酒を飲みすぎたときの軽い酩酊状態くらいである。幽体離脱のように意識が部屋の中を漂い出すと、脳に直接問いかけてくる選択肢が現れた。

『進みますか、それとも戻りますか？』

選択を無視すれば現在の様子を探ることができ、戻れば過去を見ることができる。だが、俺が試さなくてはならないのは「進む」だ。気を抜けば途切れてしまいそうな意識を繋ぎ留めながら、俺は「進む」を選択した。

見えない手で脳みそを雑巾のように絞られる感じがした。激痛に全身が硬直する。このままでは痛みで死んでしまうかもしれないと感じた俺はとっさに魔法をキャンセルした。

「ユウスケ！　ユウスケ!!」

ぼんやりとした視界の真ん中でミシェルが叫び声を上げていた。涙がこぼれる眼のふちは赤く腫れあがり、地雷メイクみたいになっている。やたらと似合っているな……、くらくらする頭でそんなことを考えていた。

「だ、大丈夫……、ちょっと死ぬかと思ったけど……」

「ごめんなさい！　私が未来は見えそう、なんて訊いたから！」

何とか起き上がってミシェルを抱き寄せた。

「ミシェルのせいじゃない。まだ俺のレベルが足りなかっただけだよ。気にするなって」

泣き出したミシェルを落ち着かせるのにかなりの時間がかかってしまったけど、彼女を抱きしめていたら俺の体調も良くなってきた。

これもレベルが上がっていたせいだろう、前ほど体に負担はかからなくなっている。ノームにもらった清流の指輪のおかげもあって、五分もすると体はすっかり元通りになっていた。

「千里眼で未来を見るにはまだまだ時間がかかりそうだね。レベルは上がって新商品も増えたんだけどさ」

商品名：たべっ子モンスター
説明　：モンスターの形をしたビスケット。
　　　表面にモンスターの名称、特性、弱点などが書かれている。
値段　：50リム

「おいしいからミシェルも食べてごらんよ。これ、モンスターについて学ぶのにちょうどいいお菓子だろう？」

しょげているミシェルにおやつを勧めた。

「美味しい……」

ビスケットを食べたミシェルが少しだけ笑顔になる。

「みんなモンスターの名前は知っているから文字を覚える助けにもなると思うんだよね」

「うん、そうかもしれない」

「字が読める人はまだ少ないから、余裕が出てきたらルガンダにも学校が欲しいなあ」

「ルガンダに学校を？」

そういえばミシェルは王都の学院で先生をやっていたことがあるんだっけ。

「学校ができたら先生をやってみる？」

そう訊ねるとミシェルはクネクネしだした。

「え～、久しぶりだから、なんだか照れくさいな」

「いいじゃないか。リガールはミシェルの教え方は上手だって褒めてたぜ。ところで、この世界の先生はどんな格好をしているの？」

コスプレが特別好き、というわけじゃないけど興味はある。あくまでもちょっとした好奇心だ！性癖を満たしたいとか、そういうのじゃないんだからねっ！

「学院の場合は角帽をかぶるのが普通だったかな。それから、教授クラスになると紫の縁取りがあるマントが支給されるの。私も持っているのよ」

「ここにあるの？」

「いちおう持ってきているけど……」

「着て見せて！」

ミシェルは照れていたけど、荷物の奥から角帽とマントを引っ張り出して身に着けてくれた。

「こ、こんなの別にかわいくないでしょう？　地味な私がますます地味になっちゃうだけで……」

「そんなことないよ。知的な感じがしてステキさ。こんな先生がいたら学校に通うのも楽しみだろうなあ」

「本当に？　本当にそう思う？」

「もちろんさ」

ミシェルは照れながら頷き、小さな声でぼそりとつぶやく。

「今夜はユウスケだけのプライベートレッスンだよ。お店は早めに閉めようね」

「お、おう……」

このように、なんやかやと刺激的な毎日が続いていた。

日も落ちていそいそと店じまいをしていると、報告書を持ったナカラムさんがやってきた。

「ダンジョンの入場料がたまりましたので納めに来ました。出納帳はこちらです」

「ご苦労様。お、今日は入場料が6万2千リムもあったんだ」

「ここのところ順調に推移しておりますな。もっとも、道の整備をするにはまだまだ資金が足りませんが」

「それは仕方がないさ。少しずつやっていこう」

「まだゾリドは動きませんか？」

早くジェノスブレイカーを動かして、道路の舗装をしたいのだろう。

「ちょっと問題があってね。駄菓子屋のレベルが上がれば問題は解決するんだけど、まだまだ先かな」

千里眼のことは内緒なので話を微妙に逸らしておいた。

「レベルでございますか。たしか、売り上げが増えればレベルが上がるのでしたな？」

「うん。支店が増えたおかげで順調なんだけど、まだ足りないみたい」

ナカラムさんは筋肉で盛り上がった腕を組んで考え込んでいる。

「ふ～む……提案があるのですが」

「どうしたの？」

「売り上げを伸ばすために、お祭りを開くというのはいかがでしょう？」

ルガンダには観光目的で来る人も多い。祭りを開けば人が集まってくるかもしれない。

「でも、なんの祭りをしようか？」

「四市対抗のモバイルフォース大会などいかがでしょうか？」

四市というとルガンダ、ベッツエル、バラスト、トスケアか。どこの領主もみんなモバフォーやマニ四駆が好きだから協力してくれるかもしれないな。

「それはいい考えだね。さっそくベッツエルのライちゃんに連絡してみるよ」

「ぜひそうしてください。大まかな予算案等はすぐに作成いたしますので」

そういうことにかけてはナカラムさんの右に出る者はいない。よくお願いして、俺は領主たちに送る文面をグライダーに書きつけるのだった。


四市対抗のモバフォー大会についてグライダーを送ると、返事はすぐに来た。というか、どの領主も馬に飛び乗って翌日にはルガンダにやってきてしまったのだ。はからずも四領主が一堂に会し、話し合いを持つことができてしまったのである。

領主らの意気込みを見れば、大会の開催がトントン拍子で決まったことは想像に難くないだろう。話し合いの結果、以下のことが決まった。

今後、大会は年一回行い、会場はルガンダ、ベッツエル、バラスト、トスケアの順とする。

各都市につき五名の代表者でチームを作り、リーグ戦を行う。

第一回大会はルガンダで行う。


大会は一カ月後ということになり、それぞれの領主はさっそく準備に取り掛かることになった。

俺も忙しくなるぞ。まずは代表者の選考をしないといけないな。さっそく代表者選考会のチラシでも作ってみるか。

季節は秋だというのにレベルアップに伴って店舗に冷凍庫が登場した。中にはアイスクリームやあんず棒を冷やしてあるのだが、寒い割にこれがけっこう売れている。ダンジョンにはやたらと暑いエリアがあるのだが、そこへ行く冒険者が買っていくのだ。

「途中でとけてしまわないの？」

棒付きアイスを三本も買ったメルルに訊いた。

「アイスを凍らせる氷冷魔法くらいならミラが使えるから問題ないよ。暑い場所で食べるホームランバアバが最高なのよね」

攻撃魔法は使えなくても、ちょっとした心得さえあればアイスクリームの保冷は可能らしい。

商品名：ホームランバアバ
説明　：ミルクアイスクリーム。
**　　　　食べると会心の一撃が出やすくなる。効果は半日持続。**
値段　：50リム

バットを担いだおばあちゃんが目印のアイスクリームだ。

「さーて、今日も元気に稼ぐとしますか。……あっ！」

メルルが小さな叫び声を上げた。

「どうした、忘れ物か？」

「そうじゃなくて、あれ」

メルルは壁に貼った手書きのチラシを指さしている。


四市対抗モバイルフォース大会の開催が決定！

五名一チームによるリーグ戦が行われます。ルガンダでも代表選手を決めるべく選考会を行うことになりました。我こそは！　という方はぜひご参加ください。詳細は店主にお問い合わせを。


「ユウスケさん、あれは……」

「読んでもらった通りだよ。まあ、ちょっとしたお祭りみたいなもんさ。メルルも参加するかい？」

「やる！　今度こそ私とレッドショルダーの名を天下に轟かせてやるんだから」

「おうおう、その意気だ。近いうちに代表選手の選考会をやるから参加してくれ。仲間にもバンバン広めてくれよ」

「いよっしゃあ、今日から特訓だぁ！」

メルルは勢いよく出て行ってしまった。


円形劇場のような闘技会場がミシェルの土魔法で作られた。細かい飾りなども美しく、ずいぶんと凝った造りになっている。

「これだけのものをたった十日で作ってしまうなんて、相変わらずミシェルはすごいな」

「他所《よそ》のお客さんも来るんだよ、ユウスケに恥をかかせられないもの。とりあえず闘技場は完成したけど、観客席の方はこれからさらに手を入れるね」

ミシェルのおかげで盛大なお祭りができそうだ。

闘技会場ができたので、さっそく住民による代表選手選考大会を開催した。寒い日だったのでシチューを振る舞ったり、行商人のヨシュアさんがリンゴなどの季節のフルーツを売りに来たりしたので、ちょっとした村祭りみたいになった。ほとんどの住民が仕事を休みにして参加したくらいだ。

代表選手はトーナメント方式でベスト16を選び、そのベスト16でリーグ戦を争ってもらった。そして出そろったのがこちらの五名だ。

元三億の賞金首にして、呪いの魔女、スーパーヘビー級のヤンデレ、ミシェル。（キャン）
流刑の元王妃、反省した悪女、ティッティー。（ジュジーオング）
チーム・ハルカゼのリーダーにして当たりクジに最も縁遠い女、メルル。（ザコⅡ改）
ルーキーの兄貴、ガルム。（ググレカス）
ほんわか魔術師、ミラ。（ドーム）

こうして見ると全員が違う機体を使っているんだな。まあミシェルは順当だし、ティッティーもミシェル以外には負けなかった。あの二人がルガンダのツートップだ。

「ちょっと、ユウスケ。ティッティーが大会に出るのはまずくない？」

ミシェルが心配している。

「どうして？」

「だってこの子は犯罪者よ。それが代表選手なんて外聞が悪いわ」

それを聞いたティッティーが即座に言い返していた。

「なによ、追放されたことで過去の罪状は問われないのよ。それに！」

「それに、なによ!?」

「私だって……少しはヤハギの役に立ちたいの。ヤハギは私とマルコを助けてくれたんだもん、いちおう恩は感じているんだから……」

「それは……まあ、そういうことなら……」

どうやら、今回の姉妹喧嘩は不発に終わったようだ。ティッティーがそんなふうに考えてくれていたなんて意外だな。でも、頑張ってくれるのならそれでいいや。

「ミラは大会に出るのかい？」

「そうよ、マニさん。私とドームを応援してね」

こちらではマニさんとミラがのんびりと会話をしている。戦いの緊張感は皆無だ。まるで縁側に座った、おじいちゃんと孫の会話だな。マニさんは特にミラを可愛がっているから、愛情がにじみ出ている感じだ。

「そうか、そうか、ミラは頑張るんだな。よ～し、ならば儂も応援してやろう。とりあえずドームの機体をマグネットコートしておくか……」

「ちょっと待った！」

聞き捨てならないセリフを聞いたぞ。

「なんじゃ、ヤハギ？　儂はミラのドームをちょこっと改造するだけじゃぞ」

「それは不正行為だよ。本大会で機体の改造は認められないんだ」

「ならばジャイアント・バズーカを授けよう。これなら機体の改造ではないから……」

「それもダメ。飛び道具は禁止です」

「胸部に拡散ビーム砲を仕込むくらいは……」

「それも、ダメ」

あれもこれも禁止にしたら、マニさんは拗ねてしまった。

「なんじゃい、サイキック・フレームやファンネルスを与えるわけじゃないっていうのに……」

たまに正気を取り戻すととんでもないことを言いだすな。

「ユウスケさん、駄菓子を食べるのはいいの？　試合の前にラムネを飲みたいんだけど」

メルルが質問してきた。ラムネを飲めば魔力循環が整うので、機体の制御が楽になるのだ。

「それはかまわないよ。他の地域の選手も店のお菓子を食べるだろうからね」

そもそも売り上げを伸ばすのが目的なのだ。駄菓子を売らないという手はない。全員が能力アップのお菓子を食べるのなら不公平にはならないだろう。

「では儂がミラに可変モバイルフォースを……」

「だからダメだって！」

「若い者はすぐに年寄りを虐める」

「いやいやそうじゃなくてさ……」

本格的に落ち込んでしまったマニさんをなだめるのが大変だった。


冷え込みが厳しくなってきたが、代表選手に選ばれた五人は大会に向けて毎日特訓をしている。

昼間はダンジョンで討伐の仕事をし、練習は夕方からだ。かなり大変だとは思うのだけど、五人とも手を抜くことはなかった。

「ガルム、防御が雑になっている！　貴方の悪いところよ」

「おう、姐さん」

ミシェルは鬼コーチと化している。

「メルルは慎重になりすぎよ。チャンスのときはもっと積極的に攻めないと！」

「わ、わかった」

「ミラは小さくまとまりすぎ。相手の意表をつく攻撃を取り入れて！」

「はい！」

「ティッティーは……、いい感じね。いやらしく敵の裏をかくし、攻撃がねちっこくて悪くないわ。自分の特性を活かしきっているって感じよ……」

「ねえそれ、褒めているの？」

なんだか放課後の部活動を思い出すな。ミシェルは厳しいけど、メルルたちの技能は確実に上がっている。それはダンジョンでの戦闘にも活かされているそうで、みんな喜んでいた。

「おーい、ガキども、頼まれていた武器が出来上がったぞ」

サナガさんとミライさんが練習場にやってきた。代表選手一人一人に合う武器を作ってきてくれたのだ。

「悪いね、サナガさん」

「けっ、ミシェルはともかく、他のやつらは危なっかしくてしょうがねえや。ちっとはマシな武器を持たせてやらねえとな……」

サナガさんは仏頂面でモバイルフォースの武器を並べていく。どれも、各選手の要望を反映しながら、芸術的にも凝った造りになっていた。

「いい仕事をしているなぁ。ありがとうございます」

「あたりめえだ。大勢の人が見に来るんだ。面倒くせえが、みっともねえ道具なんて作れねえよ。まったく、こいつのせいで肩がこって仕方がねえや！」

ブツブツと文句を言うサナガさんを見ながら、ミライさんがクックと含み笑いを漏らした。二人は最近になって一緒に暮らし始めたのだ。こうして見るとお似合いの夫婦である。

「あんなことを言っていますが、大会を一番楽しみにしているのはあの人なんですよ。この武器だって、毎晩嬉しそうに試行錯誤を繰り返していたんですから、そんなにありがたがることはないんですよ」

「けっ、別に楽しみになんかしてねえや！　ただ、どうせやるんならウチの代表には優勝してもらいてえじゃねえか……」

サナガさんはいつも通りのツンデレだねえ。

「よしみんな、さっそく新しい武器を装備させてもらおう」

選手たちは嬉しそうに自分の装備を手に取った。


練習を続けること二時間ほど。日もとっぷりと暮れ周囲は真っ暗になってしまった。吹き込む風は寒く、メルルたちはブルブルと震えている。

「う～、さむっ！　これ以上は無理かもしれない」

他の四人も唇を青くしているぞ。ついに俺の出番だな。

「任せておけ。いま体が温まるものを出してやるからな」

「カレーせんべい？」

「違うぞ、メルル」

カレーせんべいは体が温まる定番商品だけど、今日は新商品を出してやるつもりなのだ。天秤屋台を呼び出して銀色に光るサーバーを取り出した。

商品名：ホット　ドクトルペッパー
説明　：十種類以上のフレーバーが織りなす独特な味わいの炭酸飲料。
　　　　三回飲めばクセになる！
　　　　温かい刺激が魂を震わせ、なにかが起こる⁉
　　　　＊効果には個人差があります。一人一回限りです。
値段　50リム

ドクトルペッパーはメジャーな飲み物ではない。日本では関東や静岡など、限られた地域でだけ流通していたそうだ。しかもそれのホット版となると、もはや伝説級の飲み物である。

今回俺が取り出したのはロゴが大きく描かれた銀色のサーバーだ。ただ、昔の駄菓子屋には瓶を鍋で湯煎したり、ヤカンでドクトルペッパーを直接温めてカップに注ぐなんて形で提供していた店もあったらしい。喫茶店で提供されたなどという記録も残っているのだ。

「なんだか独特な香りがするのね。これは……シナモン？」

「そうそう、さすがはミシェル、よくわかったね」

同じように匂いを嗅いでいたティッティーも口を挟む。

「それにバニラの匂いもするわ。なんだか、愛の媚薬と同じ系統の香り……」

「ちょっと、ユウスケの商品をあんな下品なものと一緒にしないで！」

「なによ、私は感想を言っただけじゃない！」

「姉妹で喧嘩をするなよ。そんなことより冷めないうちに飲んでみてくれよ。一人につき一回だけだけど、いい効果が表れるそうだぜ」

俺が促すとミシェルたちも喧嘩をやめてホットドクトルペッパーに口をつけた。

「美味しい！」

「う〜ん……」

どうやら好みが分かれたようだ。ミシェルとメルルとガルムは好き派で、ミラとティッティーはあんまり派のようだ。

ドクトルペッパーって好みがはっきりと分かれる商品だよね。ちなみに俺はけっこう好きだったりする。でも、ホットより冷たい方が好きだな。

「それで、なにか効果はあった？」

訊いてみると、まずメルルが反応した。

「あっ！　……」

「どうした？」

「放出系の魔法が使えるようになったかも……」

「なんだって！」

なんと、メルルは無属性の魔力を剣から飛ばせるようになった。

「これはすごい効果だぞ。他のみんなはどうだ？」

「私は……」

「どうしたんだ、ティッティー？」

「ネコが好きになったかも……」

「はっ？」

「これまでネコはどうしても好きになれなかったんだけど、今はネコをモフモフして思いっきり吸いたい気分なの！」

「そ、それは……よかったな……」

必ずしも能力がアップされるわけじゃないんだな……。だけど、これも劇的な変化と言えば変化だ。

「ミラはどうだ？」

「私は今まで嫌いだったエンドウ豆が食べられるようになった気がします」

うん、好き嫌いがなくなるのはいいことだよな。

「ガルムは？」

「二の腕が1センチ太くなったぜ。へへへっ、カッコいいな、俺」

脳筋気味のガルムは嬉しそうだ。

「で、ミシェルはどうだ？」

ただでさえ強いミシェルが更なるパワーアップを遂げたらどうなるんだ？　緊張しながら答えを待っていると、ミシェルは羞恥で赤らめた顔を寄せ、俺の耳元で甘い吐息を漏らした。

「私……、キスが上手になったみたい……。今なら口の中でサクランボの茎を結べるかも……」

「え……」

そんな効果もあるの!?　すごいぞ、ドクトル！

「こ、今晩試してみる？　その……ユウスケさえよかったら……」

「そ、そうだね。お願いしようか……」

俺たちの内緒のやり取りをみんなは不思議そうに見ている。この中で一番遠慮のないガルムが質問してきた。

「姐さんはどんな効果が表れました？」

「内緒よ！」

「え〜、そんなこと言わないで教えてくださいよ」

「ダメ！　ユウスケ以外には誰にも言わないんだから！」

ミシェルの様子でみんな何かを察したらしい。それ以上は誰も訊いてこなかった。

「ホッホッホッ、おかしな味のする飲み物じゃのぉ」

なんとマニさんがホットドクトルペッパーをすすっているところだった。

「こんばんは、マニさん。練習を見に来てくれたの？」

「うん……、ぬおっ、なんじゃこれは？」

おっと、ホットドクトルペッパーの力は神様であるマニさんにも及ぶようだ。

「どうしたの、マニさん？」

「急に思い出したんじゃ」

「ひょっとしてエネルギーパックの作り方？」

「そんなもんは知らん」

自分で開発したくせに、知らんって……。

「じゃあ何を思い出したの？」

「エレベーターじゃ」

「エレベーターというと、いわゆる昇降機？」

「それじゃ。ダンジョンエレベーターじゃ」

とんでもないワードが飛び出てきたけど、どうなるのだろう？　緊張をほぐすために俺もホットドクトルペッパーを飲んだ。冷たいときよりシナモンやバニラが強く香る気がするな……。

さて、俺にはどんな効果が表れるのだろう？　魔力が強化されて千里眼で未来が見えるようになるといいんだけどな……。

いや、違った。魂が揺さぶられ、自分の中の隠れた能力が開花した結果、俺はメンコ名人になった。役には立たないけど、まあ嬉しいか……。

それよりも今はダンジョンエレベーターが先だな。マニさんの記憶がなくならないうちに詳しいことを訊き出さないといけない。

夜も更けてきたけど、マニさんが言ったダンジョンエレベーターの存在がどうしても気になった。

「う～ん、マニさんの記憶がはっきりしているうちに存在を確かめておきたいよな」

フォーカス機能がファジーになっているマニさんに期待はできない。明日になったら忘れてしまうかもしれないのだ。

「これからダンジョンに潜るの？」

ティッティーの顔が緊張で青くなっていた。

「ただ、もうこの時間だからなぁ……」

ダンジョンを徘徊するモンスターは夜になると活発化し、日中よりも凶暴になる。また、下の階層にいる強力なモンスターが上部へ上がってくることもあるのだ。

「行ってみよう、ユウスケさん。私も協力するよ。エレベーターがあるのなら探索がグッと楽になるもんね」

メルルが協力を申し出てくれた。こんなとき、メルルのアグレッシブさにはいつも力づけられる。

「そうですね。時間と体力を浪費しないで目的地へ行けるのはありがたいです。私も協力しますよ」

ミラの優しさがさらに俺を奮い立たせる。

「マニさん、ダンジョンエレベーターの入口はどこにあるの？」

「制御室は一階じゃ」

「それなら行けるか……」

「へへっ、たまには臨時のチームってのも悪くないぜ。メルルと前衛をやるのも久しぶりだな」

「バカみたいに突っ込まないでよ、ガルム。アンタの尻拭いはもうこりごりなんだから」

「なんだと、このガサツ女！」

いがみ合いながらも二人は楽しそうだった。

「ヤレヤレ、しょうがないから私もつき合ってあげるわ」

ティッティーもなんだかんだで協力的だ。

「行きましょう、ユウスケ。このメンバーなら問題ないわ」

今ここにいるのはルガンダの代表選手たちで、モバフォーの強さは、そのまま実戦での強さでもあるのだ。ミシェルの一言で俺も決断できた。

「よし、マニさん、俺たちをダンジョンエレベーターまで案内してくれ」

「ホッホッホッ、わかったぞい」

まるで夜の散歩へ出かける風情で、マニさんはひょこひょこと歩き出した。


ダンジョンに突入する前に俺は店のお菓子を取り出して配った。

商品名：今夜が山田のクラッカー
説明　：夜目が利くようになる。
値段　：100リム

薄暗いダンジョンの中で視界を確保できるとあって冒険者に人気の商品である。また、ロウソクや油代の節約になるということで、夜なべ仕事をする人も買ってくれるお菓子なのだ。

発売から半月ほど過ぎたが、口コミで効果が宣伝され、今夜が山田のクラッカーは支店でも売り上げを伸ばしている。今後は駄菓子屋ヤハギの主力商品となるだろう。聞いた話では、おじいちゃんやおばあちゃんが子どもの頃からある、歴史の古いクラッカーらしい。

食べてしばらくすると、かけていたサングラスを外したみたいに視界が明るくなった。

「相変わらず便利ね。最近は食べ過ぎで少し飽きちゃったけど……」

ミシェルは毎晩のように今夜が山田のクラッカーを食べて編み物をしているのだ。俺のセーターを手編みしてくれているそうだ。

「無理しなくていいんだぞ」

「無理なんてしてないわ。楽しんでいるもの。編み物って私に向いているのよ」

「そうなの？」

「うん。一目ごとに愛と魔法を籠めるのが楽しいの」

「魔法も籠めてるんだ？」

「そうよ。魔法反射と物理防御、毒にも効果があるようにしているわ」

道理で時間がかかっていると思った……。

「これが仕上がれば補助魔法が付与されたプレートメイルより強力なアイテムになるはずよ」

あの、ハートマークがたくさんついたセーターにそんな効果があるとはな……。

「今年の冬には間に合わないけど、来年の秋には出来上がるから安心してね。大丈夫、プレートメイルみたいに重くないからね♡」

「お、おう」

　愛が重いけど、俺はそれを受け止める！


　途中一度だけモンスターにエンカウントしたが、ミシェルがあっという間に倒してしまった。彼女の強さは相変わらずだ。踏み込み、抜刀、斬撃が三位一体になって目で追うこともかなわなかった。

　そうこうするうちに俺たちはダンジョンの東までやってきた。ここは袋小路になっていて、特に何もない場所である。

「着いたぞい」

　マニさんは何かを確認するように目の前の壁に触れると、人の声ならざる声を発した。神言《しんごん》とでも形容すればいいのだろうか？

　それは重低音であり硬質の金属が奏でる高音でもあった。不協和音が調和する非現実を耳にして、俺は今さらながら恐れおののく。やっぱりマニさんは神様なんだな……。

　マニさんが口を閉じると同時に、それまでなかった扉が壁に現れて開いた。モノクロ映画で見たことがあるようなレトロなタイプのエレベーターだ。

　エレベーターが現在何階にあるかを表示するのはアナログ時計のような針である。ドアの開閉は手動で、昇降レバーで操作する仕様になっていた。

　階数表示を確認したミシェルがマニさんに質問した。

「このダンジョンは地下十階まであるのね？」

「いや、もっと深かった気がするのぉ。十階より下は足を使わねばならん」

「そうなんだ。明日にでも様子を見に行ってみようかしら」

「やめた方がいい。さすがのお前さんでも地下十階のモンスターを一人で相手にはできんぞ」

「そうなんだ……」

　ミシェルは王都のダンジョンの最深部でさえ一人で行っていたんだけど、そこよりも危険だというのか？

「ミシェルでさえ危険なら、このエレベーターは封印しておいた方がいいかな？　間違って目的の階より下に行ってしまったら取り返しのつかないことになるかもしれないぞ」

「各階にはエレベーターホールがあって、そこにモンスターは現れないから安心せい。なんなら地下四階までしか行けないように機能を制限することもできるぞい」

　不安はあるけど、それなら大丈夫か。地下四階より下へ行く場合は許可制にするのがいいだろう。

　いっそ間違いのないようにエレベーター係を雇うのがいいかもしれない。そうすれば住民以外の冒険者から利用料を徴収できるし一石二鳥だ。俺はその場でエレベーター制御の方法を教えてもらった。

「ところでマニさん、こんな恐ろしいダンジョンの最深部には何があるの？」

「最深部には忘れられた文明の……」

俺は緊張しながらマニさんの言葉を待つ。

「…………なんだったかの、忘れてしもうたわい」

やっぱりそうなるか！　ひょっとしたら、このまま忘れてしまった方がいいものが眠っているのかもしれないな。パンドラの箱はいつだって人を迷わせる。とりあえず今は触れないでおくとしよう。どうせたどり着ける者はここにいないのだから。


四市対抗モバイルフォース大会を目前に控え、ルガンダに大型ロッジが完成した。三階建てで、客室数は五十。最大収容人数は二百人にものぼり、ルガンダで一番大きな建造物になっている。いや～、大会までに間に合ってよかったよ。日帰りの観光客も多いけど、中には泊まりがけで来る人もいるみたいだからね。

大会の参加者や見物客にはここに寝泊まりしてもらうつもりだ。すでに予約が入っていて、当日は満室になりそうな勢いだ。

大会が終わった後もロッジは活用する。流れの冒険者に部屋を貸す予定なのだ。ルガンダダンジョンは実入りがいいという噂が流れて、近隣の農民などが冬の出稼ぎにやってくるようになっている。

彼らは平均して二十日前後をこの地で過ごすが、たいていの人は森に仮小屋を建てるなどして暮らしている。

仮小屋というからには立派なものじゃない。その辺に落ちている長い枝を麻縄や蔓《つる》などでしばって骨組みを作り、そこに松などの葉を屋根代わりに載せただけの代物だ。

寒さが本格的になるのはこれからである。極寒のルガンダで仮小屋暮らしは厳しいだろう。そういった冒険者たちのために料金は抑えめに設定する予定だ。

宿泊料金、ダンジョン入場料、エレベーター使用料などがルガンダの主な収入なので、なるべくたくさんの冒険者に来てほしい。そのためにもこうしたインフラ整備は欠かせないのだった。

ただ、流れ者が増えて困ったこともある。犯罪件数まで増加してしまったのだ。ミシェルたちが睨みを利かしているので凶悪な犯罪は起きていないけど、酒に酔った一部のバカが喧嘩などをよく起こす。

中には女の子にちょっかいを出す男や、逆に美少年を拉致しようとする困った女冒険者もいる。そういった輩を取り締まるのも一苦労だ。

さいわい住民には腕の立つ者が多く、みんなが協力してくれるお陰でルガンダの平和は守られている。

今日もガルムたちが三人のならず者をひっとらえてくれた。奴らは白昼堂々とカツアゲ行為をしていたのだ。住民に危害が及ぶ前で本当によかったよ。

「ヤハギさん、広場で剣を抜いたバカ三人を牢屋に入れてきたぜ」

「ありがとう、ガルム。ケガはないか？」

「な〜に、あの程度のやつらならどうってことないよ」

ガルムたちも逞しくなったものだ。格下とはいえ、剣を抜いた冒険者を取り押さえてしまったんだからな。

「つまらないものだけど、これを受け取ってくれ」

懸賞金とは別に店の商品を渡した。

商品名：金メダルチョコ
説明　：赤いリボンのついた金メダルを模したチョコレート。
首から下げれば気分が高揚し、食べると腕力、素早さ、魔力がそれぞれ少し上昇。
値段　：１５０リム

これ一つで三種類の能力が上がるから便利なのだが、値段が高いので買う人は少ない。たぶん、三種類のお菓子をそれぞれ食べた方が安くつくからだろう。在庫がいっぱいあったのでガルムたちのご褒美にはちょうど良かった。

「カッコいいぜ、これ！」

「へへ、人に褒めてもらうのはなんか照れるけど、いいな……」

「みんなに見せびらかしに行こうぜ！」

ガルムたちは嬉しそうに首からチョコをぶら下げている。異世界のハイティーンは擦れておらず、こういうところが純真だ。

強面のあんちゃんたちが、首に駄菓子をぶら下げて喜んでいるのは微笑ましい光景である。これも一つのギャップ萌えってやつか？

「そうだ、ガルムたちに頼みがあるんだけど」

「なんだい、ヤハギさん。俺たちにできることなら言ってくれ」

「今度、ここでモバフォーの大会があるだろう？　できればチーム・ガルムに警備係をやってほしいんだ。まあ、ガルムは代表選手でもあるから、無理はさせられないけど」

「警備係って何をするんだ？」

「いろいろだよ。見物客の誘導や迷子の保護、喧嘩の仲裁や犯罪者の確保とかかな。もちろん給料はきちんと払うよ」

腕っぷしは強いが気のいい奴らばかりである。一緒にダンジョンへ潜るだけあって連係もとれている。警備にはうってつけだと思う。

「つまり警備兵みたいなもんだな？」

「そういうことだね」

「日頃世話になってるヤハギさんのためだ。お前ら、いっちょうやってみるか？」

「おう！」

「ありがたい。これで大会がスムーズになるよ。警備マニュアルと制服は用意するからよろしく頼むね」

「制服？」

「ああ、わかりやすいように着てもらうことになるよ。カッコいいデザインにするから頼むぜ」

制服の話をするとガルムたちは大喜びだった。そういうのが好きなお年頃なのかもしれない。

ルガンダの冷え込みも厳しくなってきた。いよいよ魔導ストーブが活躍する季節だ。居間のストーブに魔結晶を補充するミシェルにガルムたちのことを話しておいた。

「警備はチーム・ガルムに頼んでおいたよ。あいつらならきっとうまくやってくれると思う」

「それはよかったわ。当日は私も目を光らせておくから安心してね。悪いやつは片っ端から捕まえてお仕置きするから」

「いやいや、ミシェルには大事な仕事があるだろう？」

「え？」

「領主の婚約者として、ゲストをもてなしてもらわないと」

「あ……」

「ミシェル！」

頭から湯気を出して倒れてしまったぞ！

「しっかりしろ、ミシェル！」

「ごめんなさい。気を失うくらい嬉しくて……。え、笑顔の特訓とかした方がいいかしら？　それと、もう少し派手なドレスを用意するとか」

「ミシェルはそのままでじゅうぶん魅力的だよ。ドレスはミシェルが欲しいのなら用意するからね」

大会まであと一カ月。ここで売り上げを伸ばしてレベルアップといきたい。いろいろと準備は整ってきた。

「ところでエネルギーパックの方はどう？」

「材料はほぼそろいつつあるわ。まだ量が足りてないけど、ダンジョンの中で少しずつ集めているから心配しないで」

「あんまり無理しないようにな」

「大丈夫。ダンジョンエレベーターのおかげで探索は楽になっているから」

そう言って、ミシェルは自信たっぷりに胸を張った。この調子でいけば、ゾリドが動くのもそう遠くないような気がする。

だけどそうなる前に、ダンジョンエレベーターがちょっとした騒動を起こしてしまうのだが……。

冒険者メルルの日記　6

ついにこの日が決まってしまったか……。そう、冒険者メルルとレッドショルダーの名をこの地方に知らしめる日が決まってしまったのだ。それが四市対抗モバイルフォース大会である！
いや～、楽しみだよね。当日はお祭りみたいな感じになるんだって。きっと露店とかもたくさん出るんだろうなぁ。私としては代表選手になりたいから、選考会にはもちろん参加だよ。
マニさんのおかげでザコはいままでのザコじゃない。ザコⅡ改なのだ。きっちり腕を磨いて代表選手になってやる！

ルガンダ代表の選考会があった。結論から言おう、堂々の第三位でした！　さすがにミシェルさんとティッティーには勝てなかったけど、トーナメント形式で三位。リーグ戦でも三敗してやっぱり三位だった。

ちなみに私を負かしたのはミシェルさんとティッティー、そしてリガールだ。この私から一本取るなんて本当に可愛げがなくなってきているのよね。

なんか私のことをよく研究しているんだよね。手の内をよく知っているって感じでさ、悔しいったらありゃしない。これは新しい技を考えないとダメね。バトルアックスの攻撃バリエーションを増やさないと。

代表選手によるモバイルフォースの特訓が始まった。ミシェルさんの指導は厳しいけど、みんなの実力はメキメキ上がっている。私の魔力操作もかなり上達して、ダンジョン探索時の戦闘力まで上がってしまった。

身体強化魔法はこれまでより魔力効率が上がったし、得意だった三連撃は四連撃にまで進化してしまったのだ。

それだけじゃない。ユウスケさんが差し入れてくれたホットドクトルペッパーを飲んだことにより、ついに私は放出系の魔法を会得したのだ！

これは剣に込めた無属性の魔力を飛ばす技だ。威力は小さいけど、これまでなかった遠距離攻撃だし、牽制や奇襲など、攻撃の幅が広がった。

嬉しくて今日のダンジョンでは使いまくってしまったよ。おかげで魔力を消費しすぎて10リムガムを二十個も買うことになっちゃったけどね。

でもなんでだろう？　二十個も買ったのに当たりは一個も出なかった。ミラは四個買って一個当たったのに……。

ガルムたちが金メダルチョコをやたらと見せびらかしてきてウザかった。悪人を捕まえたご褒美にユウスケさんからもらったらしい。

なんども「いいだろう?」って、アンタらは子どもかよ、ってツッコミたくなった。

でもまあ、気持ちはわからないでもない。あいつらは人に褒められたことなんてないもんな。大好きな人に認められて嬉しかったんだと思う。それは私も一緒だもん。

よーし、四市対抗モバイルフォース大会は私たちルガンダチームの優勝だ!　頑張るぞ。

第七話　ティッティーの暗躍

　地下二階の中央部にある小部屋はルガンダダンジョンの救護室になっていた。かつては傾国の悪女、男を惑わせる毒婦と悪態をつかれていたティッティーだが、今ではここの治癒士として頑張っている。

「はい、これでいいわ。傷口は塞がっているけど無理をすれば開くわよ。今日の探索はこれくらいにしておきなさい」

「ありがとうございます、ティッティー先生」

　傷を治した冒険者が出て行くのをティッティーはぼんやりと見送った。

「ティッティー先生……か……」

　王妃と呼ばれていた頃に比べれば、今はだいぶ質素な生活をしている。落ちぶれたものだと自嘲することもあるが、心の底では穏やかな生活も悪くないとティッティーは感じているのだ。

　確かにティッティーは変わった。ルガンダへ流刑になり、マルコと一緒に暮らし、ダンジョンで治癒士になってから、ますますその傾向は強くなっている。

（まあ、相変わらずマルコには迷惑をかけているけどね……）

炊事洗濯の能力は皆無で、生活はもっぱらマルコに頼っているのが現状だ。ティッティーだってやる気はあるのだ。ただ、掃除をすればやる前より汚れる。料理をしても食材を大量に無駄にしてしまうのだ。

（毒薬作りは得意なのに、なぜよ？）

向き不向きがあるとマルコは言ってくれるのでティッティーは気にしないことにしているが、やはりどこかに負い目がある。それは自分の過去に対しても同様だった。

今日は珍しく患者が少ない日である。ティッティーは手持ちぶさたになり、椅子から立ち上がって大きく伸びをした。

ここは四十平米ほどの部屋で、両側の壁には様々なゴーレムの壁画が描かれており、正面には異形の像が置かれていた。

人の体に犀《サイ》の頭が載っているという表現が近いだろうか。スケベそうな目をした犀に近い生き物の直立不動の像である。なんとも味わいのある像で、ティッティーは退屈すると、よくこの像を眺めた。

「不細工ね……」

言いながらティッティーは指を犀の角に這わせた。普通の犀と違って、この角には大小のイボが無数についている。

「せめてこれがなかったら、もう少し見られた顔なのにね。う〜ん……、取れないかしら？」

不意に思いついて、ティッティーは手に力を込めて角をねじってみた。するとどうだろう、角はゴリッと回り、それまできつく結ばれていた口がパカリと開いたではないか。

「やだ、もっと不細工！　うん、あれはなにかしら？」

興味に駆られて覗き込んだ口の中に、ティッティーは丁寧に畳まれた小さな紙片を発見した。かなり古い物のようで、紙はだいぶ傷んでいる。ひょっとしたら重要なことが書いてあるかもしれないと、ティッティーは慎重に紙を開いた。

「これは……地図？　それに古代文字ね。姉さんなら読めると思うけど……」

学生時代は遊んでばかりいたので完璧に読むことはできない。しかし、単語を拾い読みするくらいならティッティーにも可能だった。

「神殿……、祭神かな？　地下……六階、黄金のゴーレム像……、黄金のゴーレム像！」

どうやら自分は宝の地図を手に入れたとティッティーは確信した。だが、地下六階ともなると危険な場所である。ティッティーは優秀な魔法使いでもあるが、そんな彼女でも一筋縄ではいかないだろう。

「だけど、これさえあれば……」

誰もいない部屋ではあったが、ティッティーは人目をはばかるように地図を懐にしまった。

ユウスケside

朝の混み合う時間が過ぎたころティッティーが一人でやってきた。

「いらっしゃい。一人で来るなんて珍しいね」

「ま、まあ、たまには……」

ティッティーが店に来るときはマルコと一緒であることがほとんどだ。一人で来ることはこれまでになかったはずである。改心したことは知っているが、過去にはひどい目に遭わされたこともあるので、俺は少し身構えていた。

「これから救護所かい？」

「ええ。あそこに置いておくおやつを買っておこうと思って……」

返事をしながらも手は休めず、ティッティーは次から次へとお菓子をカゴに入れていく。その量は尋常じゃない。10リムガムに大玉キャンディー、うめえ棒にステッキチョコレート、他にも端からカゴに入れているぞ。

「おいおい、どうしたんだよ？　まるで討伐に行くみたいだな」

「ちょっと多めに買っておくだけよ。モンスターカードチップスはないの？」

「ああ、ちょっと待っていてくれ」

棚の在庫が切れていたので、奥から箱を出してきた。

「ついでにこれなんかどうだ？　今人気の商品なんだ」

商品名：麦チョコ666
説明　：666粒の麦チョコが入っている。

食べると肌がカッコよく日焼けする。ビタミンDも補ってくれるぞ。

これ一袋で日焼けサロン要らず！

値段　：１００リム

冒険者というのは日中の大半をダンジョンの中で過ごすので、青白い顔をした者が多いのだ。そうしたわけで若い冒険者を中心にこのお菓子が人気を得ているのだ。

「ティッティーも日焼けしてみないか？　きっと昔のギャルみたいになるんじゃないか？」

「ギャルってなによ？　そんな魔法効果のお菓子はいらないわ。それよりも戦闘力を補う駄菓子が欲しいのよ」

「なんで？」

最近のティッティーは救護所で治癒活動ばかりしているというのに……。

「た、たまには暴れたくなるの！　もう、あれこれ質問しないでくれる？　ミシェルに言いつけるわよ」

なにを言いつけるのか知らないけど、面倒なことはごめんだ。こいつは悪知恵が働くし、ミシェルは嫉妬深い。ゴタゴタはさっさと回避して会計をすることにした。

「へいへい、全部で４０２０リムね」

駄菓子を買ったとは思えないほどの金額になったがティッティーは金を置いてそそくさと去ってしまった。

そして事件が起こる。

お昼前に店へミシェルが駆け込んできた。冒険者はみんなダンジョンに潜っているので店には誰もいない。普段のミシェルなら脇目もふらず俺の胸に飛び込んでくるのだが、今日はいつもと様子が違っていた。

「ユウスケ、大変よ！」

「どうした？　ダンジョンでなにかあったのか？　ひょっとして怪我人が？」

「そうじゃないわ。でもダンジョンエレベーターがおかしいの。地下四階までしかいけないはずなのに、六階で停まっていたのよ。たまたま私が見つけたからよかったけど、どういうことかしら？」

制御装置が誤作動したのか？　それとも、誰かが設定をいじった？　でも、設定を変更するには一定の順番でボタンを押さないといけない。正しいコードを知っているのはごくわずかな人間だ。

マニさんからダンジョンエレベーターの説明を受けたのは俺とミシェル、それからメルルとミラ、あとはガルムとティッティーだけである。この中の誰かが危険を冒して地下六階へ向かったのだろうか？　なにもなければいいが……。

心配しているとチーム・ガルムの面々がぞろぞろとやってきた。

「腹減ったあー、ヤハギさん焼きそばの大盛りを頼んます！」

ガルムたちは鉄板の前に陣取り、無邪気にヘラを振り回している。もしかして地下六階から帰ってきたところか？　俺は探りを入れてみる。

「今日は早いんだな。もう探索は終わりかい？」

「そうじゃないんだ。さっきまで地下三階でコカトリアスを討伐してたんだけどさ、あいつ肉をドロップしたんだよ！」

モンスターは討伐されるとお金と魔結晶を残して消えてしまう。しかし、まれにアイテムをドロップする場合もあるのだ。

「ダンジョンエレベーターのおかげで地上に上がってくるのも楽になっただろ？　だから昼飯は上で食おうってことになったんだ。コカトリアスの肉入り焼きそばにしようと思ってさ」

俺はそっとミシェルに耳打ちする。

「エレベーターの設定をいじったのはガルムではないみたいだな」

「うん。そもそもガルム君じゃパスコードを覚えていられないわよ」

それもそうか……。ガルムは豪快な性格で細かいことは気にしない。粗野だけど性格は素直だから、地下六階へ行きたいのなら俺に相談してくるはずだ。

「ところでガルム、チーム・ハルカゼを見かけたかい？」

「ん、メルルたちかい？　あいつらなら地下二階にいるぜ」

「地下二階？」

おかしいな。普段は地下三階より下で活動しているのに。

「今日はマルコが休みなんだって。安全のために二階で仕事だって言ってたぜ。そういえば救護室にティッティーもいなかったから、マルコと二人でどこかへしけこんだんじゃないか？」

「ヒュー！」

冒険者たちはガヤガヤと盛り上がっていたが俺はそれどころじゃなかった。まさかとは思うけど、二人で地下六階に行ったってことはないだろうな。

「ユウスケ、なにかあってからじゃ遅いわ……」

「わかっている。マルコとティッティーがどこにいるか奥で確認してくるよ。店の方を頼む」

千里眼を使うためにステッキチョコレートを掴むと、奥の座敷に入った。

ティッティーside

もう、なんなのよ！　地下六階のモンスターがここまで強いというのは想定外だったわ。私一人だったらとっくにくたばっていたかもしれない。マルコがついてきてくれたおかげで本当に助かった……。

「ティッティー、これ以上は無理だよ。いったん引き上げよう」

「……」

拒否の意味を込めて無言でモロッコグルトを渡した。私の決意は固い。

「どうしても黄金像が欲しいのかい？」

「そうよ……。賛成できないというのなら、もうマルコは帰って。どうせマルコにとっては１リムにもならないことよ」

分け前を渡すつもりはない。だからこそ誰も誘わずにここまでやってきたのだ。

「わかったよ、ティッティー。君の好きにしていいから、最後まで付き合わせてくれ」

マルコは私の返事を待たず、伝説の釘バットを構え直して歩き出した。

その背中に私は首《こうべ》を垂れる。こんなときにさえ私は素直になれない。死と隣り合わせの状況にありながら「ありがとう」さえ言えないなんて、やっぱり私は私が大嫌いだ。


地図に記された部屋にたどり着くころには私もマルコもヘトヘトだった。傷は魔法で治せたけれど、魔力はもう枯渇寸前だ。幸い部屋にモンスターはいなかったが、ドアを封鎖すると私は床にへたり込んでしまった。

「ティッティー、最後の10リムガムだよ」

大量に買った駄菓子だったが、そのほとんどをもう食べ尽くしている。腕が重くて、駄菓子を受け取ることさえままならない。

「悪いけど、マルコが食べさせてくれる?」

「え? うん……いいけど」

男って本当にバカ。ちょっと甘えたくらいで喜んじゃって……。でも、マルコの照れ笑いが私を幸せにする。甘いガムが少しだけど私の魔力を回復させて気分も楽になった。

「さあ、お宝とご対面といきましょう」

下半身に力を込めてなんとか立ち上がり、周囲を見回した。ちょっと見ただけでは無数に存在する他の部屋と変わりはない。だけど、地図通りにやってきたのだ。ここで間違いないはずである。

「ティッティー、見て！　壁の下のところに小さな紋章が彫られている」

マルコの見つけた紋章は指の先ほどの小さなもので、歯車の意匠だった。宝の地図にも同じものが描かれている。

「間違いないわ。絶対にここよ……」

何か手掛かりはないだろうか？　私は半分も読めない古代文字をもう一度ていねいに見返して読める単語を拾い出す。

「黄金のゴーレム像……、祭壇……。これは……回転？」

回転……、ひょっとしてこの歯車が回るのかしら？　これは罠かもしれない。だけど、ここまで来て躊躇《ためら》うこともできなかった。

「マルコ、少し下がっていて」

「いいけど、どうして？」

「なんでもないわ。いいから言う通りにしてよ」

マルコを向かいの壁際まで下がらせて、歯車の紋章に指を這わせた。罠にかかるのは私一人でじゅうぶんだ。

まずは右回転……。ダメだ、なんの反応も起こらない。次は左回転……。

ゴ……ゴゴゴゴゴ……。

やったわ！　壁がスライドして隠されていた奥の間が姿を現した。そしてそこには――。

「うわー、これ、本物かな？」

低い台座の上に六十センチはある黄金のゴーレム像が鎮座していた。形は丸みを帯びたロックゴーレムだけど、全身が金色に輝いている。

「ふ、ふふ……」

ついに私はやったのだ。疲労と達成感がない交ぜになり、乾いた笑いが口の端からこぼれた。

「す、すごいな……。ティッティー、これの価値ってどれくらいなの？」

「そうね……金の値段だけでも3億リムはくだらないと思う。芸術的価値や歴史的価値なんかを付加したらもう少しいい値段がつくかもね」

台座を慎重に調べたけどトラップのようなものは仕掛けられていないようだ。問題はこれをどうやってエレベーターまで運ぶかである。重さを確認するために両手を使って持ち上げてみたがかなりの重量があった。

「ふぅ、これは一苦労ね」

「うん、こんなに小さいのにティッティーと同じくらい重いよ」

「デリカシーのない言い方をしないで」

私はもう少し軽いはずよ。だけどどうしようかしら？　私もマルコも体力の限界が来ているのだ。

「ティッティー、やっぱりいったん戻ろう。戻って助けを呼ぶんだ」

「いや！　引きずってでも持って帰るわよ」

「そんなことをしたらせっかくの金がすり減ってしまうよ。ミシェルさんなら、事情を話せばわかってくれるはずさ。相談してみよう」

「絶対にダメ。姉さんには頼りたくないの！　マルコには手伝ってもらっているけど、本来これは私が一人でやらなきゃならないことよ。予定通り、私はこの黄金像を国庫に納めるわ。そのために仲間を集めずにやってきたんだから！」

ここまで苦労したのだ、今さらミシェルに力を借りるなんてできない。

「ティッティー、本当にいいの？　これさえあれば外国で楽に暮らすことだってできるんだよ」

「ふんっ、私が王妃時代に使ってしまったお金は数十億リムよ。いまさら数億リムくらいなによ。それに、少しくらい借りを返したいのよ。この程度じゃ埋め合わせにはならないけどね……。マルコこそ怒ってない？　こんなに苦労して1リムの得にもならないのよ」

「俺は、ティッティーが満足するのならそれでいいんだ」

マルコは決して私に嘘をつかない。だからこそ胸が痛んだ。

「ごめんね、私なんかと関わったばっかりに……」

「俺、すごく幸せだよ」

「マルコ……」

それ以上は気持ちが言葉にならなくて、私は感情の赴くままマルコの胸に飛び込んでいた。

ユウスケside

濃厚なキスシーンが始まってしまったので千里眼を解いた。それにしても驚いたな。ルガンダダンジョンの下にあんな黄金像が眠っていたなんて。そしてそれ以上に驚いたのはティッティーの言葉だった。

ふむ、なんとか助けるしかないな。そう覚悟を決めて、俺は押入れの扉を引いた。

ティッティーは自分の行為を誰にも知られたくないようだ。だったらそれを尊重してやりたい。そのためにも本人にはそうとは悟られないように助けるのがいいだろう。

俺としても千里眼の力は知られたくないので、距離を置いて助け舟を出すのがよさそうだ。

本当は午後から店に並べる予定だった新しいお菓子を取り出した。

商品名：わくわくスライム
説明　：作る系の駄菓子。
　　　　二種類の粉を順番に混ぜていくとスライムみたいなゼリーができる。
　　　　食べると十五分間だけスライムに擬態できる。
値段　：200リム

お値段がちょっと高めの作る系駄菓子である。スライムに姿を変えれば他のモンスターから攻撃を受けることはなくなるので、偵察などに使えそうな商品だ。

百分の一の確率でメタルわくわくスライムが入っているのもおもしろい。これを食べると高速移動が可能なスライムに変身できるのだ。まさにわくわくスライムである。

これさえあれば地下六階でも安全に歩くことができるだろう。モンスターを狩る冒険者は地下六階にはいないので、本物のスライムと間違われて討伐される心配もない。

ティッティーとマルコが休憩している部屋まで行って、二人には知られないようにお菓子を差し入れするというのが俺の計画である。

奥座敷の扉を開けてミシェルが顔をのぞかせた。

「どう、ティッティーの居場所はわかった？」

仲が悪いようでも妹のことは心配のようだ。ルガンダに来てからは二人の会話も増えている。ただまにだけどお互いに笑顔を見せるようにまでなっている。

俺はミシェルに事情を説明した。

「あのティッティーがそんなことを考えていたなんてね……」

「まあいいことじゃないか。というわけで、ちょっと行ってくるよ」

「ユウスケ一人で大丈夫かしら？」

「駄菓子を差し入れするだけだから問題ないさ。スライムの姿で行けば襲われることもない」

「わかったわ。でも雌のスライムと浮気しちゃダメよ！」

俺にそんな趣味はない。そもそも魔力の霧から生まれるモンスターに恋愛感情はないと思う。種族の壁はヤンデレ魔女が思うより高く厚いのだ。

不安そうなミシェルを宥《なだ》めてダンジョンへと向かった。


エレベーターの扉がスライドすると、そこは小さなホールだった。マニさんからの情報通りここにモンスターはいない。さっそくわくわくスライムを開けてお菓子作りを開始した。

「残念、メタルスライムじゃなかったか」

高速移動体験を期待したけどそれは次回以降に持ち越された。

「まあいいや、とりあえず作っていこう。まずはジュースを作るのか……」

付属のトレーに粉①を入れて、線まで水を注いだ。

「ここでよくかき混ぜておかないと失敗するんだよなぁ」

スプーンでだまがなくなるまでよく混ぜる。できる駄菓子屋なので底にドロドロが溜まっていないかもよく確認した。

「よし、オッケー！」

かき混ぜたスプーンをなめてみたら、ほんのりとソーダの香りがした。

「これに粉②を入れれば……」

残りの粉末を入れて混ぜると液体はゲル状になり、やがてプルプルのゼリーが出来上がった。透明でうっすらと緑がかっている。

「食べる前にティッティーたちの居場所をもう一度確認しておくか」

レベルが上がったせいで千里眼を使っても体の負担はほとんどない。過去や未来を見なければ連続使用も可能だろう。

「どれどれ、ティッティーたちは……うえっ！」

同じ部屋でまだイチャイチャしていた……。まあいい。あの様子ならしばらくはあそこにいるだろう。すぐに千里眼を解いてわくわくスライムを食べた。

「ふむ、食感はゼリーよりモチモチしているな」

食べ終わると体がムズムズしてきた。いつでもスライムに擬態できるようだ。魔力を体に循環させると身につけているものごとスライムのようになってしまった。これで準備は完了だ。

鎧や武器も込みでスライムに擬態できるのだからすごい効果だよな。しかも擬態はすぐに解除できる優れモノなのだ。少々値段は高いけど、これはヒット商品になる予感がする。


ホールから出るとすぐにモンスターに遭遇した。こわい……。体長が四メートルはありそうなクマっぽい化け物である。ごつごつとした外骨格と剝き出しの筋肉、見るからに凶暴そうな顔をしている。

スライムに擬態していなかったら頭を一口で食いちぎられていたに違いない。ありがたいことに、そいつは俺を一瞥《いちべつ》しただけでダンジョンの通路をのっしのっしと行ってしまった。

本当にちびってしまいそうなくらい恐ろしかった。ティッティーとマルコはよくこんなのを倒したものだ。なんだかんだでティッティーは優秀な魔女なんだよなあ。

すこし時間に余裕を持たせて、安全な小部屋でわくわくスライムをさらに食べて道を進んだ。そしてようやく宝の部屋へ到着することができた。

あいつらはまだここにいるかな？　耳を扉につけてみると……。

「ティッティー！　ティッティー！」

「ああ、マルコ♡」

まだやってたんかいっ！　あー、早く出て来いよな。俺は用意しておいたわくわくスライムと、持続力アップの蒲焼さん助などなど、お菓子がたっぷりと詰まった袋を置いてその場を離れた。

ティッティーside

体力と魔力が回復した私たちは部屋から出たのだが、扉の向こうに奇妙な袋を発見した。

「マルコ、さっきあんなもの落ちていたっけ？」

「いや、たぶんなかったと思う……」

未知のモンスターが紙袋に化けているのかもしれない。緊張しつつ確認したけど、中身は駄菓子屋で売っているお菓子だった。

「どうしてこんなところに駄菓子が？　あ、新商品だ」

マルコが取り出したわくわくスライムというお菓子は初めて見るものだった。

どうしてヤハギが？　私たちを救出に来たのだろうか？　でも、そんなことはあり得ない。私は誰にも告げずにここまでやってきたのだ。

「わからないけど……、とにかくこれは使ってしまいましょう。スライムに擬態すれば安全にエレベーターホールまでたどり着けるはずよ」

私とマルコはいったん部屋へ戻り、駄菓子で準備してから移動を開始した。

落ちていた駄菓子のおかげでなんとか地上まで戻ってこられた。黄金像は家に隠して封印結界を施してある。これで盗まれることはない。あとは宰相のエッセルあたりに連絡を取れば、向こうから引き取りに来るだろう。

組み立てグライダーを分けてもらうために駄菓子屋を訪ねた。

「いらっしゃい」

私を出迎えたヤハギの様子はいつもと変わりなかった。

「組み立てグライダーを分けてもらいたいんだけど」

「あれは政府の方針で非売品なんだ」

「ちょっと事情があるのよ。その政府のお偉方に連絡を取りたくて……」

「まあそういうことなら……」

ヤハギは奥の方から商品を持って来てくれた。

「ねえ、今日は地下六階にいたの？」

「ん？　ん～、まあ、ちょっと見回りをしていてね。商品の入った袋を落としたりして、いいことはなかったけどな。なんで知っているんだ？」

「別に。……ありがとう」

「へ？　なんでお礼なんて？」

「うるさいわね！　なんでもないわよ」

ヤハギがとぼけているのは明らかだった。でもお礼は言えたのだ、これでよしとしよう。相変わらず自分のことは嫌いだけど、昨日の私より少しはマシになっているのかもしれない。

「ありがとう……」

聞こえないくらいの声でもう一度呟きながら駄菓子屋の敷居をまたいだ。

冒険者メルルの日記　7

最近マルコの様子がおかしい。さすがに戦闘中はシャキッとするけど、休憩中は思いつめた表情をしている。ティッティーとケンカでもしたのだろうか？

それとなく探りを入れてみたけど、どうやらそういうことじゃないようだ。ダンジョンの外で二人を見かけたこともあるけど、仲良く並んで歩いていた。楽しそうに会話をしているところをみると、原因は別のところにあるようだ。

それにしてもティッティーは変わったなあ。角が取れて丸くなったって感じだ。昔みたいなギラギラとした派手さはなくなったけど、自然体の美人になった印象がある。

そういえば最近、マルコはティッティー様って呼ばないんだよね。普通にティッティーって呼び捨てにしている。二人の間に何があったかはわからないけど、対等な関係になってきたのかな？恋愛経験の乏しい私にはその辺の感情がよくわからない。

そろそろ私も彼氏が欲しいなあ……。でも、ルガンダの人口は少ないから相手はどうしても限られてしまう。

ガルム？　ないない！　リガール？　うーん……、どうなんだろ？

ユウスケさんがもう少しワイルドな感じだったらなあ……、って、ミシェルさんが怖いから絶対こんなことは言えない。万が一にも勘違いさせたら、出来上がったばかりの闘技場が大爆発を起こしてしまいそうな気がするもん。

新商品のわくわくスライムを試してみた。ちょっと高いんだけどユウスケさんがお勧めするだけあって使い勝手のいいお菓子だった。

今日は地下三階で試してみたけど偵察がこれほど楽だったことはない。スライムに擬態するとモンスターはこちらのことなんて見向きもしなくなるもんね。

みんなで擬態して魔物の背後から一斉に奇襲をかける、なんて使い方をするチームもあるそうだ。でもこれは資金に余裕のあるチームのやり方だね。

一つ200リムもするから、私たちがそれをやったら800リムの経費が掛かってしまう。ちょっと考えものだよね。相手がメタルゴーレムみたいな大物ならそれもいいかもしれないか……。チームの検討課題としよう。

個人的にはメタルわくわくスライムを食べて高速移動を体験してみたい。でもさ、私ってばくじ運の悪い美少女じゃない？（言ってみただけよ。本気じゃないから）自分で引き当てることは不可能だと思うわけよ。ということで、お金を渡してミラに買ってもらうことにした。

毎日一個ミラに買ってもらっていたら、五日目にしてついにメタルわくわくスライムを引き当てることに成功した！

他のスライムと違って色は鉛色。食べるのにすごく抵抗があったけど、味は普通のと同じでソーダ味だった。さっそくダンジョンで使ってみたけど、これはすごかったわ。移動速度は十倍くらいになっていたと思う。

あっという間にダンジョンを走り回って、地下四階への下り階段まで見つけちゃったもん。あとから考えると怖くなったんだけど、よく迷子にならなかったなと感心した。本当にうかつだったよ。

それと、わくわくスライムには致命的な欠点があることがわかった。スライムに擬態していればモンスターに襲われることはないんだけど、逆に冒険者に狙われてしまうことがわかったのだ。

今日は偵察任務中に矢が飛んできて危うく怪我をするところだったよ。すぐに擬態を解いて人間であることを説明したけど、あれはかなり危なかったな。

装備ごと擬態するから目印になるようなものも持てないんだよね。完璧な変装が致命的な欠陥になるなんて本当に皮肉だ。擬態するにも自分で作らなきゃならないから面倒でもある。緊急時にそんな暇はないもんね。

今後は売れなくなるかもよ、とユウスケさんに伝えたらがっかりしていた。ちょっとかわいかった。

第八話　モバイルフォース大会

ついに大会当日がやってきた。数日前から観光客が増えていたが、今日はルガンダが崩れてしまうのではないかというほど人が詰めかけている。

「まるで渋谷のスクランブル交差点だな」

「シブヤ？　スクランブル？」

「俺の前世で人が多かった場所さ」

たわいのない会話を交わしながらも俺とミシェルは休めることなく手を動かし続ける。駄菓子屋の露店前には百人近い行列ができているのだ。

「はい、スーパーオーブのくじ引きね。おっ、おめでとう、三等だよ」

「いらっしゃいませ、ホットドクトルペッパーですね」

助役のナカラムさんやチーム・ハルカゼ、ティッティーにも手伝ってもらっているのだがお客は途切れることなく続いている。これなら当初の目論見通り大幅なレベルアップが見込めるかもしれない。

「ヤハギ様、焼きそばの材料が底をついてしまいました」

　ムキムキの筋肉にエプロンをつけて、ウキウキで焼きそばを作っていたナカラムさんが眉を八の字にして報告してきた。

　ナカラムさんは申請書類の作成と料理が得意である。こと焼きそばに関してはミシェルより美味しく焼くので、今日は自分が主役とばかりに腕を振るっているのだ。

「仕方がない。焼きそばの販売は終了にしましょう。ナカラムさんは紐くじを担当しているミラのサポートに回ってください」

「承知しました。ヤハギ様はそろそろごあいさつの準備を」

　大会開催地の領主として開会のあいさつをしなければならないのだ。でも大勢の前で話すなんて慣れていないからなぁ……。

「やっぱり、やらなきゃダメ？　なんだか恥ずかしいんだけど」

「なにをおっしゃいますか。これも領主の務めですよ」

　ミシェルがすっと身を寄せてくる。

「心配ならスピーチの間、手を握っていてあげようか？」

　開会のあいさつで？

「いや、そっちの方が恥ずかしいって。大丈夫、慣れてはいないけどあいさつくらいできるさ」

　店のことは他の人に任せて開会の準備を始めた。

　モバイルフォースの闘技場は人で溢れかえっていた。来賓以外は全員立ち見で、木や家の屋根に登って見物する人も大勢いる。俺が壇上へ上がると大きな拍手が沸き起こった。

「本日は第一回四市対抗モバイルフォース大会においでくださいまして、ありがとうございます！」

湧き上がる歓声を手で制し、本日のスケジュールやルールを説明していく。

「試合は五人一組の代表チームが総当たりで戦います。先鋒、次鋒、中堅、副将、大将がそれぞれ戦い、先に三勝したチームの勝利です」

ミシェルがいくら強くても優勝は簡単にはいかない。総合力が問われる試合形式なのだ。

「また今回、参加選手には私から特別なプレゼントがございます」

商品名：BEZ《ベッツ》　限定ドラゴンシリーズ
説明　：ペパーミント風味のタブレット菓子。
ディスペンサには様々なキャラクターの頭部がついている。
頭を後ろにそらすとタブレットが押し出される仕組み。
ドラゴンシリーズを食べると十秒間だけドラゴンの力の一部が身に宿る。
値段　：非売品

ＢＥＺは懐かしいなぁ。たしか従妹がリンゴ三個分の猫シリーズを集めていたと記憶している。

俺も外国へ行った親戚がお土産に買ってきてくれた、変形ロボシリーズを大事にしていたことがあるぞ。たぶん、まだ実家のどこかに残っているはずだ。

今回俺が配るのはドラゴンの頭部がついたディスペンサだ。地竜、風竜、火竜、水竜、雷竜など二十四種類があり、精巧に作られた竜が高級感を醸している。

普通のＢＥＺディスペンサはプラスチック製だけど、限定版は金属製なのだ。強そうなイメージもあるから代表選手の参加賞としておあつらえ向きだろう。

「こちらは代表選手用の限定版ですが、駄菓子屋ヤハギでは一般用のＢＥＺも販売しております。モンスターシリーズや動物シリーズ、モバイルフォースシリーズもございますので、ぜひこの機会にお求めください。お値段は一つ１００リムとなっております」

ちゃっかり駄菓子屋の宣伝もしておいたが、これくらいはご愛敬だろう。

「第一試合のトスケア対バラストはこの後すぐに始まります。皆さま、そのままでお待ちください」

かくして四市対抗モバイルフォース大会は始まった。


第一試合はバラストが勝利したが、総合優勝の行方はまだまだわからない。戦いには相性というものがあり、じゃんけんのように勝敗が決まることもある。まあ、ミシェルのような絶対的な強者もいるわけだが……。

「そこまでっ！　勝者、ルガンダ大将・ミシェル！」

場内に歓声が沸き起こった。ルガンダ対ベッツエルの試合は、先鋒のガルム、次鋒のミラが続けざまに負けてしまったのだが、中堅のメルル、副将のティッティー、大将のミシェルが次々と勝利して逆転を果たしたのだった。

「ユウスケー！」

勝利したミシェルが観覧席まで走ってきた。

「見てくれた、私の試合？」

「素晴らしかったよ。ミシェルはルガンダの守り神だね」

「やだ、それほどでもないわよ（あーん、ユウスケに褒められた♡）」

ミシェルは嬉しそうに俺の隣に座った。

「さっきまたレベルが上がったよ。参加賞のBEZを見て、観客たちも一斉に買い求めているみたいなんだ。今はリガールたちが売り子になって観客席をまわってくれているよ」

「それはよかったわ。お祭りは大成功ね」

「ああ、これもみんなのおかげさ。ところで、ミシェルはどのBEZが欲しい？」

参加賞のBEZは勝ち星が一番多い人から選んでいいことになっている。おそらくミシェルが一番に選ぶことになるだろう。

「う〜ん、やっぱり冥王竜ハデラーかなぁ……。私としてはもっとかわいいのがいいんだけど」

参加賞のドラゴンシリーズはどれもいかついもんな。

「ユウスケの頭がディスペンサについていればよかったのに……」

「俺？　それは生首みたいで気持ち悪いだろう」

「そんなことないわ！　もしも発売されたら私が全部買い占めて、すべてのポケットに入れておくわ。それからリビングとキッチンと寝室に飾るの」

やめてくれ、一緒に暮らしている俺の身にもなってほしい。

ミシェルにとってドラゴンシリーズはあまり価値のないもののようだ。まあ、ドラゴンの力が身に宿るといっても、それはほんの一部みたいだし、時間だって十秒だけだ。それほどたいしたアイテムじゃない。それはみんなにも説明してある。

だけど、世の中には人の話を聞いていない、あるいは理解できない人が一定数いるようで……。

大会は三勝一敗でルガンダが優勝した。唯一負けてしまった相手は三戦目のトスケアである。トスケアはベテラン勢をそろえていて駆け引きに優れていた。若いガルム、ミラ、メルルは完全に翻弄されてしまったのだ。

だけどそれがいい経験にもなった。最終戦は気持ちを切り替え、ルーキーたちだけで勝利を決めたのだから。

大会は大いに盛り上がり、モバイルフォースは完売となった。マニ四駆や駄菓子も売れに売れたので俺のレベルも今日だけで3も上がったほどだった。だけど、事件は閉会式に起こってしまった。なんと露店の奥に置いてあった参加賞のＢＥＺが消えてしまったのだ。おそらく盗まれたに違いない。他に被害がないことから、犯人は最初からこれに目をつけていたのだろう。

ミシェルが怖い顔で空になったスペースを睨んでいる。

「いったい誰が盗っていったのかしら？　絶対に許さないから！」

「調べてみるからちょっと待ってくれ」

俺がその場に座ると、ミシェルが心配そうに肩に触れてきた。

「千里眼を使うの？」

「任せとけって。レベルが上がったおかげで以前よりも楽に過去を見られそうなんだ」

検索ワードを限定版ＢＥＺにすれば簡単に行方はわかると思うけど、俺は自分の能力アップを確かめたかった。過去に何があったかを見て、体の負担がどれくらいかを確認するつもりだったのだ。

「千里眼」

小さく呟いて魔法を発動した。今回はステッキチョコレートを使用していない。なくてもやり遂げられる自信があったのだ。

心臓が締め付けられるような痛みはあるが、予想通り体の負担は軽減されている。これもレベルが上がったおかげだろう。

これなら未来のビジョンも垣間見られるかもしれない。でも今はなくなったＢＥＺを捜すのが先だ。

「戻る」を選択して過去のビジョンを見つめる。なくなったのはそれほど前じゃないはずだ。映像を逆再生していると怪しい男たちがこれを持っていく姿を捉えることに成功した。

どこかで見た顔だと思ったら、先日カツアゲでガルムたちに捕まった奴らだった。未遂だったので厳重注意のみで解放したのがいけなかったのかもしれない。今度は窃盗に手を染めてしまうとは……。

　映像を再生すると奴らの声が聞こえてきた。

「こいつが代表選手に配られる特別なアイテムか……」

「見るからに価値がありそうだ」

「こいつを使えばドラゴンの力が手に入るらしいぞ」

「一本、10万リム以上はするだろうな……」

　三人はゴクリと唾を飲み込むと視線を交わして頷き合った。そして段ボールを抱えるとそのまま人ごみに紛れて離れていくではないか。やはりＢＥＺは盗まれてしまったのだ。

　それにしても人の話を全く聞いていないのだな。ドラゴンの力が身に宿るのはわずか十秒だけだ。それもほんの一部だけだぞ。

　10万リムで売りさばけるはずもない。コレクターが金を出すかもしれないけど、せいぜい５千リムがいいところだろう。

　魔法を解くとミシェルが俺の頬に手を伸ばしてきた。

「ユウスケ、気分は？　どこか痛いところはない？」

「平気さ。レベルが上がったせいで体の負担も激減しているよ。今夜は少し未来を見ることもできそうだ」

「よかった……。それでＢＥＺの行方は？」

　俺は千里眼で見たビジョンを説明した。

「奴らは森の間道を街道へ向けて逃走中だ。急いで追うぞ」

「任せて！」

元気に応じたのはメルルだった。見ればチーム・ハルカゼが勢ぞろいしている。

「私のバハムートを盗むなんていい度胸よ。現行犯で捕まえてとっちめてやる！」

ミシェルたちが迅速に動いたおかげで盗賊はすぐに捕まった。ちなみに罪を犯した三人は王国法に基づき一カ月の強制労働の刑に処せられた。まあ、頑張って道を整えてもらおう。


閉会式も無事に終わり人々の多くは帰宅の途についている。大会の興奮が冷めやらぬ人は闘技場のあちらこちらで試合をしているようだ。

場外に設けたマニ四駆のコースも評判で、大勢の人が自分のマシンを走らせている。

「ユウスケさん、ＢＥＺは完売ですよ！」

売り子をしてくれていたリガールが教えてくれた。

「お疲れさん！　夜は打ち上げパーティーをするからリガールも来てくれよ」

「いいんですか!?　ありがとうございます」

最近は生意気になったと評判のリガールだが、こういうところはまだまだ子どもだ。目をキラキラさせながら喜んでいる。手伝ってくれた人々を労うためにも、今夜は牛肉を焼く予定だ。盛大な焼肉大会になるだろう。

「今回は選考会で落ちてしまいましたけど、来年こそは代表選手になりますよ。ガンガルフでチームに貢献するんです」

　リガールの実力はメキメキ上がっているので、ひょっとしたら来年はそうなるかもしれない。

「楽しみにしているよ。今夜の焼肉では、新進気鋭の魔法使いリガール君の火炎魔法に期待しているからな」

「え～、牛一頭は焼けないと思うけどなあ」

「そんなときはこれだ。駄菓子屋の新商品を見てくれ」

商品名：ヒーカラムーチョ
説明　：唐辛子の利いたスナック菓子。
**　　　　食べると火炎魔法の威力が15％アップする。**
値段　：100リム

「でも、僕は辛いのが苦手なんですよ……」

「まあ、そこそこ辛いから無理にとは言わないけど、15％はけっこうでかくないか？」

「そうですねえ……、メルルさん達も喜んでくれるかな？」

　薄暗くなり始めた小道を俺とリガールは並んで歩いた。

冒険者メルルの日記　8

四市対抗モバイルフォース大会があった。普段は閑散としているルガンダが人でいっぱいになっちゃったよ！　通りには露店もいっぱい出て、お祭りを盛り上げていた。

私も、リンゴ飴やねじり揚げパン、ピンク色のマグカップなんかを買っちゃった。楽しかったな。でも、今日はルガンダ代表として頑張らなきゃいけなかったから浮かれすぎないように注意したけどね。

第一試合はガルムとミラが立て続けに負けてちょっと焦った。二人とも緊張しすぎなのよ。ここで中堅の私が負けてしまえばその時点で敗退になってしまう。

消費魔力が少ないザコの特性を活かして長期戦に持ち込み、相手の疲労を誘う作戦を採用。最終的に集中力が切れた対戦相手をバトルアックスで仕留めることができた。

ルガンダ中の人が私を応援してくれて、勝ったときはみんなが褒めてくれたんだよ！　なんだかすっごく感動しちゃった。あのガルムでさえ「すまねえ、メルル！　よくやってくれた！」なんて言って涙ぐんじゃってさ。私も思わず肩を組んで喜び合っちゃったよ。

これも選考会でリガールに負けた経験のたまものかな？　悔しくて新技を開発したからね。ダン

ジョンでは剣を使っているけど、これからは私もレッドショルダーと同じバトルアックスを使ってみようかな？

　ガチガチに緊張していたミラとガルムも最終戦になる頃には伸び伸びと戦えるようになっていた。そのせいか優勝は私たち三人で決めてしまったくらいだ。

　ホームタウンに優勝カップを持ってくることができて本当に良かった。最後の最後に参加賞が盗まれるなんて事件が発生してしまったけど、きっちり私たちで取り返しておいた。

　火炎竜のＢＥＺディスペンサは我が家の家宝として飾っておくんだもんね。


　後日、ＢＥＺの効果を実証したけど、悪くなかった。食べると十秒間だけ防御力と攻撃力が増大する仕様だった。体感だけど二倍くらいは上がっていたと思う。

　ディスペンサから出してサササッと食べられるのは便利なんだけど、効果時間が短いのが難点かな。あと他のお菓子との併用が利かないのも残念だ。素早さの上がる大玉キャンディーなどとの同時効果は望めないのだ。

　それでも使いやすいし、こっちの方がたくさん食べる手間がなくていいと言う人もいる。でも、私は断然他のお菓子派かな。だってＢＥＺには当たりクジがないんだもん！

DAGASHIYA YAHAGI

第九話　轟き渡る雷の中で

夜になり辺りがすっかり静まり返ると、俺とミシェルは寝室で千里眼の準備をした。ついに未来を見るときがやってきたのだ。

「本当に大丈夫なの？」

「ミシェルは心配症だな。今度は前のようにはならないさ。ラムネで魔力循環を良くしてあるし、ノームにもらった清流の指輪もある。ステッキチョコレートで魔力を高めればきっと未来が見えるはずだよ」

「でも……」

「いざというときはミシェルの治癒魔法があるから大丈夫だって。期待しているからね」

「うん……」

床に座って深呼吸をした。前回は死にかけたけど、今日はそこまではならないだろう。

「千里眼！」

目を閉じて魔法を展開すると、あの呼びかけが聞こえた。

『進みますか、それとも戻りますか？』

進むを選択すると体中が軋《きし》むような痛みに襲われた。脳を万力で締め付けられるような感覚だけど気を失うところまではいかない。よし、成功だ。

途切れそうな意識をつなぎ留めながら耐えていると二つの検索ボックスと地図が現れた。未来を見る方法は二つあるようだ。一つは時間と地点を選択するタイプ。もう一つは検索ワードに引っかかったリストを選ぶタイプだ。

地図は半径十キロ以内、時間は十二時間先まで指定できる。それが今の俺の限界なのだろう。レベルが上がれば見える時空はもっと広がるはずだ。

とりあえずキーワードを「雷」と「落雷」にして検索をかけてみたけど、リストは一件も表示されなかった。

つまり半径十キロ内で十二時間以内に雷の落ちる場所はないのだろう。仕方がない、今回は別の未来を探ってみるか……。

少し考えて、明日の朝のダンジョン前を指定した。すると、すぐにビジョンが展開した。

お、露店を開いている自分が見えるな。明日も冒険者たちは休まず仕事に精を出すようだ。チーム・ハルカゼが走ってきたぞ。メルルがいつものようにスクラッチを引いている。……お……？

おお！　すごい、珍しくメルルが当たりクジを引いているじゃないか！

そこまで確認して千里眼を閉じた。頭痛が限界に達し、肩から腰にかけて耐えきれない痛みが走っている。

「ふぅ……」

「ユウスケ、しっかりして！」

「死にはしないから安心して。レベルが上がったおかげで前みたいに気を失ったりはしないから。いてて……」

「どこか痛むの？」

「首から肩にかけてがひどいんだ。悪いけど治癒魔法を……」

ひんやりとしたミシェルの指が俺の首にそえられた。そこからじんわりとした癒しの魔力が流れ込んでくる。

「マッサージもしてあげるからユウスケは楽にしていて」

「悪いけど今日は甘えさせてもらうよ」

「もう、四六時中甘えてくれていいのに♡」

ミシェルは確実に俺をダメ人間にしようとしているな……。滑らかに背中を上下する手を感じながらうっとりと目を閉じた。

「それで、未来は見えたの？」

「今のところ十二時間先までしか見ることはできないんだ。でも天候の悪い日を選べば、どこに雷が落ちるかは判明すると思う。半日あればあらかじめ準備はできるだろう？」

「そうね。それだけあればエネルギーパックと変換器の準備は余裕よ。あとはエネルギーパックを完成させないとね」

「そっちはどうなってるの？」

「ほぼ完成なんだけど、まだ足りない材料があるの。モンスターがドロップするアイテムなんだけど、レアな物質がなかなか手に入らなくて」

確実にドロップするわけじゃないので、ミシェルがどんなに強くても入手は難しいようだ。

「だったら他の冒険者にも頼むとしよう。必要なアイテムをリストにしてよ。掲示板を作って貼り出してみるから。適正価格で買い取ればみんなも喜ぶだろう」

「それはいい考えね。いよいよルガンダにも買い取り所ができるんだ」

王都ではこうした依頼や買い取りはギルドがやっていたっけ。ルガンダにもそれと似たシステムができるわけだ。

とりあえずは俺とナカラムさんで運営して、ゆくゆくは正式なギルドを立ち上げればいいだろう。うん、ルガンダもだんだんと町の体裁を整えつつあるな。喜ばしいことだ。

「どう、ユウスケ、気持ちいい？」

「ありがとう、おかげで楽になったよ。今度はミシェルにしてあげるね」

「私はいいよぉ……。ユウスケが気持ちよくなってくれれば、それで嬉しいもん……」

「いいから、交代」

ここからの展開は千里眼がなくてもわかるだろう。イチャイチャタイムの流れを肌で感じて、俺たちは期待と愛情のオーラを出しながら指を絡ませた。

早朝からナカラムさんと掲示板を作った。なにせ木だけはたくさんあるので、材料には困らない。

パワフルなナカラムさんがガンガンと金槌を振るい、掲示板はすぐにできてしまった。露店のすぐ横に立てたので店に来る人は嫌でも気づくようになっている。

「こんなもんでよろしいですかな?」

ナカラムさんは自画自賛するように出来栄えに目を細めている。

「上等ですよ。おかげで助かりました」

「いえいえ、これくらいのこと」

上腕筋がピクピクしているな。最近わかったのだが、ナカラムさんは嬉しいと筋肉が震える癖があるのだ。

「あれ～、ユウスケさん、何を作っているの?」

「おはようございます、これは何ですか?」

やってきたのはメルルとミラだ。

「お、いいところに来たな。チーム・ハルカゼも協力してくれよ」

「協力?　ん～……おお、買い取り表だ!」


ルガンダでは以下のドロップアイテムを買い取ります。

パイナス・ウェーブの銀角　2万リム
痺れウナギのヒゲ　8千リム

地獄神官の杖　1万2千リム
メタルゴーレムの心臓　5万リム

この四つがそろえばエネルギーパックはすぐにでも完成するそうだ。冒険者たちが頑張ってくれれば近日中に集まるかもしれない。

「王都よりも買い取り価格が少しいいですね」

「ジェノスブレイカーが動くかはこいつにかかっているからね。みんなよろしく頼むぞ。特に希少なメタルゴーレムの心臓を持って来てくれたら、ウチのお菓子をカゴいっぱい詰め放題だ」

「本当ですか!?」

やけにミラが食いついてきた。

「もちろんさ」

「じゃ、じゃあ、ミルキーせんべいに練乳をかけ放題にしても……？」

「かまわない！」

ミルキーせんべいはミラにとって最近のお気に入りらしい。

商品名：ミルキーせんべい
説明　：軽くサクサクした食感のお菓子。
食べると七秒間の空中浮遊が可能になる。

値段　：20リム

駄菓子屋ヤハギでは、ミルキーせんべいにはソース、梅ジャム、練乳の三種類から一つを選び、塗って食べることができる。関東では梅ジャムが一般的で、練乳は大阪に多いそうだ。

ミラはこの練乳を塗ったミルキーせんべいが大好きなのである。

「メルル、行きましょう！　たっぷり練乳を塗ったミルキーせんべいをお腹いっぱい食べるのです」

「わかった、わかった！　わかったから引っ張らないでよ……って、おおうっ！　当たった！　スクラッチカードが当たったわああああっ!!」

メルルの手には剣の絵柄が三つ揃ったスクラッチカードが握られている。よしよし、千里眼の効果も実証されたな。いよいよ楽しみになってきた。

商品名：コンパスチョコレート

ドロップアイテムの買い取りが始まり冒険者たちが目の色を変えている。特に高額のメタルゴーレムの心臓は人気があるようだ。おかげでこんな駄菓子がよく売れる。

説明　：粒チョコレート入りコンパス。
方角がわかるだけでなく、巨大な金属が動くと針が振れて居場所がわかる。
振動で反応を伝えてくれる他、手元を照らすランプ機能付き。
値段　：100リム

いろいろな機能がついて100リムという安さもあり、非常によく売れている。食べるだけでなく入れ物で楽しめるというのがウケるポイントだろう。色やデザインも複数あり熱心なコレクターは全種類をコンプリートしているようだ。

メタルゴーレムは強力なモンスターだけど、みんながこぞって探している。必要な素材が集まる日もそう遠くないだろう。

だが救護室の先生は文句たらたらである。

「まったく、怪我人が増えて迷惑な話よ。自分たちの実力も考えずに挑むバカが多くて困るのよね。治療するこっちの身にもなってほしいわ」

メタルゴーレムは強力だが動きは緩慢だ。チャンスがあるかもしれないと挑戦するルーキーは後を絶たない。大抵は手に負えず逃げ帰ってくるのだが……。

「そう言うなよ、ティッティー。メタルゴーレムの心臓が手に入ればジェノスブレイカーだって動くんだから。後で焼きそばを差し入れしてやるから頑張れ」

「そんなジャンクなもの……。飲み物もつけてよね」

「わかった。ミカン水でいいか?」

「うん、ありがと……」

照れ方が少しだけミシェルに似ている。ティッティーは忙しくなってしまったようだが頑張ってもらわなくてはならない。差し入れの焼きそばは大盛りにしてやることにした。

お昼が近くなったのでティッティー先生に焼きそばを差し入れにいくことにした。救護室は地下二階の中心部にあるので、一人で行くことに一抹の不安がよぎった。

今からダンジョンへ潜る冒険者がいたら同行させてもらおうと思ったけど、こんな日に限って一人もいない。ミシェルもすでにダンジョンの奥地だ。

「仕方がない、一人で行くか……」

ぼやきながら簡易プロテクターを身につけた。それから駄菓子やおもちゃも各種用意する。モンスターカードやロケット弾もあるから大丈夫だろう。万全の態勢で救護室へと向かった。


地下二階の通路を歩いていると、不意にポケットの中で何かが振動した。入れっぱなしにしてあったコンパスチョコレートが反応しているようだ。

確認すると、近くにメタルゴーレムがいるようで振動はかなり強くなっている。そういえばメタルゴーレムは見たことはないんだよな……。好奇心がむくりと頭を持ち上げた。

手持ちのモンスターカードはブラックパンサー(R)だ。強靭な牙と爪を持つ素早い動きの強力なモンスターだ。ブラックパンサーと一緒ならメタルゴーレムを討ち取れるだろうか……？

勝算はなくはない。それにこのまま通路を進めば他の冒険者にだって出会えるかもしれない。とりあえず様子を見に行こう。

メタルゴーレムの心臓はドロップ率が低く、必要な個数がなかなか集まらない。普段なら臆病なくらいリスクをヘッジする俺だけど、今日は欲望が勝ってしまった。

コンパスチョコレートを頼りに通路を進むと、少し広くなったホールに佇むメタルゴーレムを見つけた。他の冒険者には出会えず助っ人はいないが、やつは完全に無防備な状態でこちらに背を向けている。

抜群の攻撃と防御を誇るメタルゴーレムだが、転ぶと起き上がるのに時間がかかるという弱点もあるのだ。ここはひとつ勝負をかけてみるか……。

俺は鞄からジャンボカツを取り出して食べた。素早くなる大玉キャンディーも忘れない。立て続けに食べたので口の中でソースとソーダの味が混ざってしまったけど、そんなことは気にしていられなかった。

背後からメタルゴーレムに忍び寄り「パワーブースト！」の掛け声とともにタックルを決める。バランスを崩したメタルゴーレムは地響きを立てて地面に倒れた。予定通りうつ伏せに倒れてもがいているぞ。

「モンスター召喚、発動！　行け、ブラックパンサー。こいつの左腕を封じるんだ！」

ブラックパンサーの爪は鋭いけどメタルゴーレムを行動不能にするほどの威力はない。だけど、敵の攻撃をひきつけておいてくれるだけでじゅうぶんだ。俺は小さなロケット弾を両手に持ち、メタルゴーレムの首関節部分に差し込んだ。

「退《ひ》け、ブラックパンサー！」

俺たちが飛びのくのと爆発はほぼ同時だった。小さな破片が頰をかすめたけど、たいした傷じゃない。それよりもメタルゴーレムはどうなった？

よし！　霧となって消滅していくぞ。後に残されたのは3万リム分のコインと魔結晶、それから……。

「おお、これがメタルゴーレムの心臓か！」

ドロップ率はかなり低いと言われるアイテムが残されていた。高さが四十センチくらいの円筒形で、ボイラーみたいに管がいくつかついている。側面の窓からは内部の機械構造が見えていて、いくつもの歯車やカムが動いていた。

持ち上げてみるとかなりの重量があったけど、俺には負担でもなんでもない。天秤屋台の上に置いて、そのまま次元の狭間に収納する。これでジェノスブレイカーの復活にまた一歩近づいたぞ。

戦闘の興奮が冷めてくると体のあちらこちらに痛みを覚えた。自分でも気が付かない内にいろんなところを負傷していたようだ。ヤレヤレ、ティッティー先生に焼きそばを届けて、ついでに治療してもらうとしよう。

でも、レアアイテムを手に入れられてよかったな。体は疲労で重かったけど、俺の心は軽かった。

寒さのピークを乗り越え、過ごしやすい季節が近づきつつある。この地に移ってきて最初の越冬だったけど全員無事にやっている。白い息を吐きながらも早朝から店に集まる常連たちは元気だ。

「最初はどうなることかと思ったけど、木だけは山ほどあるじゃない？　おかげで暖房だけはしっかりできるのよね」

スクラッチカードを削りながらメルルはホットドクトルペッパーを飲んでいる。すっかりこの味と風味にはまったようだ。

「風邪をひいている人とかはいないか？」

「うん、いたけどミシェルさんやティッティーが治療してくれたよ」

まだ人が少ないから二人の治療だけで事足りているようだ。だけど、移住者は日に日に増えていて、先日ルガンダの人口はついに二百五十人を超えた。

これは嬉しいことだけど食料生産の乏しいルガンダでは頭痛の種でもある。早いところジェノスブレイカーを復活させて宅地と農地の確保を急ぎたい。今は冬なので木々が乾燥している。伐採にはちょうどよい季節なのだ。

騒々しい足音をたててガルムたちがやってきた。

「おはよっす！」

「おはよう、ガルム。昨夜は見かけなかったけど、まさか夜のダンジョンに潜っていたんじゃないだろうな？」

「まさか。いくら俺でもそこまで自信過剰じゃないよ。昨日はちょっと手間取っちまって帰りが遅くなっただけだよ」

「それならいいけどな」

無茶をする冒険者が後を絶たないのだ。特に入場料を払ってダンジョンに潜る流れ者にはその傾向が強く、何人か死者も出ている。

「それよりヤハギさん、こいつを買い取ってくださいよ。まだ募集してましたよね？」

ガルムが出してきたのはパイナス・ウェーブの銀角だった。

「おお、よくやってくれたな！　最後の一つが納品されなくて焦っていたんだよ。待ってな、今お金を持ってくるから」

買い取り金を渡すとガルムたちが歓声を上げた。グラップは足を踏み鳴らして興奮している。

「やったぜ。今夜はゴールデンシープで飲み放題だよな、リーダー？」

「しょうがねえな、今夜だけだぞ。そのためにも昼はしっかり稼ぐからな！」

盛り上がるガルムたちを尻目にメルルは元気がない。

「ちぇっ、銀角は私が取ってくる予定だったのになぁ。筋肉バカに先を越されちゃったよ」

「そう落ち込むなよ、メルル。今朝は新しい依頼を出しておいたんだ。薬草系が足りないからいい値段がついているぞ」

「そうなの？　うん、潜る前にチェックしておくね」

買い取り依頼掲示板は大いに機能していて、物流も盛んになってきた。ダンジョンで獲得された素材は行商人のヨシュアさんらの手によってルガンダの外へ輸出されることもある。俺たちはそのお金を使って食料を買ったり、必要な資材を仕入れたりもできるわけだ。

ただ、そういったお金のやり取りは全部ナカラムさんがやってくれていて、彼の負担が大きくなっている。今後は冒険者ギルドのような組織が必要になってくるだろう。

とにもかくにも、これでエネルギーパックを作るための材料がすべて集まった。まずはミシェルに報告だな。


ミシェルは異様なまでの集中力を身につけている。一度決めると、いつまでもそれに没頭することができる気質のようだ。

まさに生粋の研究者なのだろう。エネルギーパックの組み上げを開始して三日になるが寝食を忘れて作業に打ち込む姿は鬼気迫るものがある。

そして七日目の夜のこと。

「できた……」

目の下にくまを作ったミシェルが息も絶え絶えにつぶやいた。作業台には高さ六十センチほどの大きなエネルギーパックが載っている。

「もう……無理……」

倒れこみそうになるミシェルを抱き寄せた。

「よく頑張ったな。ありがとう、ミシェル。体調はどう？」

「えへへ、こうやって心配してもらえるだけで頑張った甲斐があるわ」

ミシェルは俺に抱きかかえられながら甘えてくる。

「このままベッドに運ぼうか？」

「まだいや。しばらくこのままがいいな。ねえ、ユウスケ。黒ビアを飲ませて」

商品名：黒ビア
説明　：水に溶かすと泡がモコモコ立って、黒ビールそっくりに！
**　　　　飲むと闇の魔力が増幅する。**
値段　：30リム

ミシェルにとって最近ではいちばんお気に入りのお菓子だ。闇の魔力が増幅すると調子がよくなるらしい。ミシェルの情緒が安定して30リムなら超お買い得である。

ミシェルを抱きかかえたままソファーに座り込み、黒ビアを飲ませてやった。

「ああ……闇の力が満ちていくわ……」

「悪のヒロインみたいなセリフだなあ」

そう言うと、ミシェルは怪しく微笑んだ。

「そうよ、私は悪い魔女なの。このままユウスケを包み込んで放さないんだ」

「お、おい、少し休んだ方が……」

「ダメ。ここのところエネルギーパックにかかり切りだったんだもん。今日は離れないんだから！」

「わかったから少し落ち着こうぜ。こんなんじゃムードもないし——うぇっ!?」

不意に部屋の中が暗くなり、俺はびっくりしてしまった。

「なにこれ……、これは闇魔法?」

「壁や天井の反射率を下げたの。ムードを作るときは便利でしょう?」

闇のオーラを纏いながらミシェルは俺の首に腕を絡めてくる。その瞳は潤み、俺をとらえて離さない。近づく唇からはアーモンドの花の甘い匂いがしていた。

「そんなことより、ユウスケ……」

俺は市井《しせい》の駄菓子屋だ。闇の魔女に抗うことなんてできはしない。瞬く間に恋の魔法にからめとられ、俺たちは甘く溶け合った。


「ユウスケ、起きて」

ミシェルの声で起こされた。場所は二人の寝室で部屋の中に明かりはない。窓の外もまだ暗いようで、ミシェルの輪郭がかろうじて見えるくらいだ。

「どうしたの、もう朝？」

俺の寝起きはいい方だが、体はまだ睡眠を求めている。きっとまだ早い時間なのだろう。でも、ミシェルが俺を起こすなんて珍しいな。大抵は寝顔を見守っているらしいのに……。

「ユウスケ、聞いて。ほら、雨が降っているわよ！」

雨？　雪じゃなくて雨……。なるほど、パラパラと屋根を打ち付ける雨音が響いている。

「そうかあ、いよいよ春だなあ……」

「それだけじゃないの。よく聞いてみてよ」

「ん～………」

ゴロゴロゴロゴロ……。

俺はベッドの上で跳ね起きた。微かだったが雷の音が聞こえたのだ。

「ついにきたか！」

「ええ、ユウスケは千里眼を。バックアップは私がするから」

「了解！」

ベッドの上で胡坐をかき、すぐに魔法を発動した。半径十キロ以内の落雷地点でいちばん作業がしやすそうなポイントをリストから選んでいく。

「こっちは森の中で人が入れない。こっちは……ダメだ、時間が足りない。じゃあこっちなら……いける！　ここに決定だ!!」

最適な場所を選んだ俺は千里眼を解いた。心臓に痛みが走りうずくまりそうになってしまう。

「ユウスケ！」

「大丈夫だ。俺のことよりも合図の鐘を鳴らしてくれ。三時間後に東の森の一本杉だ。マニさんの祠の近くの」

「わかったわ」

ミシェルはあたふたと走り去った。ルガンダの住民にはあらかじめ協力をお願いしてある。雷が落ちそうになったら報せるので、そのときは駆けつけるという約束を取り付けてあった。


カーン！　カーン！　カーン！


窓の外でミシェルの叩く警鐘の音が響きだした。ここからは時間との勝負だ。そして絶対に失敗は許されない仕事になる。痛みをこらえながら着替えを済ませて広場へと向かった。

まだ暗い広場には住民のほぼ全員が集まってくれていた。

「みんな、早い時間から集まってくれてありがとう。ついにゾリドの封印を解く日が来た。協力を頼む！」

ゾリドが動くとあって人々は興奮した様子で俺の指示を待っている。

「まずは東の森の一本杉にゾリドを運ぶんだ」

簡単に言っているけど、これはとんでもない作業なんだよね。ゾリドの重量は百三十トンある。譬《たと》えて言うなら戦車三台分だ。これを人の力で運ぼうっていうんだからとんでもない。

だけどここは異世界であり、俺は不思議な駄菓子屋だ。無理は承知の相談も異世界だからそれでオッケーなのだ。

「今、ジャンボカツ入りの焼きそばを作っているから、みんなはそれを食べて事に当たってくれ」

ジャンボカツ入りの焼きそばを食べるとパワーブーストの継続時間が十二分に延長されるのだ。

「それから、こちらの新商品も食べてくれな！」

商品名：どんどこどん焼き
説明　：ソース味のスナック菓子。
食べるとチーム間の連係がよくなる（およそ一時間）。
値段　：30リム

このお菓子の歴史も古いよな。祭囃子を楽しむ人々の様子が描かれたパッケージは子どもの頃から変わらない。お酒にも合いそうだから、ゾンダーにも勧めてみようかな。

みんなにはこれを食べてもらい、一本杉までジェノスブレイカーを運んでもらう計画である。荒っぽいプランではあるが駄菓子の力を信じてみるつもりだ。

「ユウスケさん、マニさんを連れてきました！」

ミラがぽわーんとしているマニさんの手を引いてきた。警鐘が鳴ったらミラはマニさんを連れてくる、これもあらかじめ決めておいた手順だ。

相手がミラならマニさんも素直に言うことを聞いてくれると思ったけど、予想は的中したようだ。

「どうしたのだ、ヤハギ？　みんな大騒ぎをしておるのぉ。祭りか？」

「そんなところだよ。ついにゾリドが復活するんだ！」

「おお、ゾリド！　……って、なに？」

今日はダメな日か！　こうなったら無理にでも思い出してもらわないといけない。ゾリド復活の鍵はマニさんなのだ。

「ミラ、何とかしてくれ」

懇願するとミラはにっこりと笑った。

「ほら、マニさん。あれがジェノスブレイカーだよ」

「おお！　また凶暴なゾリドを掘り出したな。大昔のゴルゴドンくらいにしておけばいいのに……」

あんたが出したんだろうが！　心の中でツッコミを入れたが、ミラの邪魔をしないように口には出さなかった。ふむ、もう記憶が戻ってきたようだな。

「今から雷を利用してエネルギーパックに魔力を注ぎ込むんですって」

「うむうむ、それはいい。じゃが、このゾリドは凍結状態のようじゃぞ」

「そうなのです。だから時間になったらマニさんに解凍してほしいのです」

「解凍して三十分以内に魔力を循環させてやらないとゾリドの金属細胞が深刻なダメージを受けて

しまうのじゃが、大丈夫じゃろか？」

「ユウスケさんが占いで雷が落ちる場所を特定してくれましたよ」

「そうか、そうか。では時間を合わせて解凍することにしよう」

よっしゃあ！　マニさんの方はクリアだな。ミラがついていれば何とかなりそうだ。

ジャンボカツでパワーアップ、どんどこどん焼きで連係し、俺たちはジェノスブレイカーを一本杉のところまで運び終えた。


一本杉からケーブルを引いてエネルギー変換装置に接続した。そこからまた線を引いてエネルギーパックを装塡したジェノスブレイカーにつなぐ。

これで雷が落ちれば、そのエネルギーが魔力に変換され、1・21ジゴマットという大量の魔力がジェノスブレイカーに流れ込むはずである。すでにジェノスブレイカーは解凍済みで、すべての準備は整った。

「全員、一本杉とジェノスブレイカーから離れるんだ。感電する恐れがあるぞ！」

住民たちは蒼い顔をして後ろに下がるが、家に帰ろうとする者は一人もいない。バリバリと轟く雷の音に首をすくめながらも、興奮しながらゾリド復活のときを待っている。

雨は時間とともに激しさを増し、風もどんどん強くなってくる。まさに千里眼で見たビジョンと同じだ。これならきっと……。

「そろそろ時間だぞ！」

ブーンという耳鳴りがして、肌にピリピリとした感触が走った。いたるところに帯電の兆候が表れている。

だがそのとき、太い枯れ枝が一本杉と変換器をつなぐケーブルの上に落ちてきた。そしてあろうことか変換器からケーブルが外れてしまったではないか。

「もう！」

ミシェルは変換器に向かって走り出した。俺も慌てて後を追う。

「無理だミシェル！　もう時間がない」

「ダメよ！　必ずつなげてみせる！」

ミシェルはケーブルの端を持って変換器に取り付けようとしているが、のしかかっている枝が邪魔をしている。時間がないことは明らかだった。

こうなったらこのお菓子で！

商品名：ダラダラしてんじゃねえよっ！
説明　：魚のすり身を使ったお菓子。食べると体が金属化する。
値段　：50リム

魔物の強力な攻撃に対処するときに食べる冒険者が多いそうだ。体が鉄の塊のようになるのでドラゴンのブレスに晒されてもびくともしないと聞いた。これさえ食べれば雷だってしのげるだろう。

金属なら電気をうまいこと流してくれるかもしれない。

「ミシェルっ！」

こちらを向いたミシェルに口移しで駄菓子を食べさせる。驚いた表情のままミシェルが金属化していくぞ。俺ももう動くことはできない。

次の瞬間、凄まじい音と光の奔流が空気を切り裂き、稲光が一本杉を縦に裂いた。

怒濤のエネルギーがケーブルに流れ込み、俺たちの体を介して変換器に注がれた。そして変換された魔力がジェノスブレイカーに注ぎ込まれる。

熱のためだろう、変換器もジェノスブレイカーも赤く燃えているようだ。人々が恐怖の叫び声を上げる中でジェノスブレイカーの目が光った。

ギャオ――――ンッ!!

ジェノスブレイカーの咆哮《ほうこう》に森の針葉樹が震えている。

「ついに、復活したのか……？」

「ふぉっふぉっふぉ、久しぶりじゃのぉ……」

誰もが恐れおののく中でマニさん一人だけが顔に満足げな笑みをたたえていた。

「やったね、ヤハギさん！」

メルルが祝福してくれる声が聞こえたけど、俺たちは動けなかった。住民全員が注目する中でキ

スをしたまま鉄の塊になっていたから……。

もうね、恥ずかしくて死にそうだよ。ただ、絶対にミシェルは喜んでいる気がする。

ギャオ――――ンッ!!

雷鳴がとどろく雨の中でジェノスブレイカーは元気だった。


復活したジェノスブレイカーのおかげで開発は一気に進んだ。標準装備のクローで森など刈り放題なのだ。芝刈り機みたいな感覚でヒノキが刈れるってすごくない？

切り株だってどんどん掘り返すことが可能だ。おかげで居住区と農地が瞬く間に広がっている。もちろん整地にも役立っているぞ。

しかも、半自立回路があるので、ある程度命令を与えてやれば自動で仕事もしてくれるのだ。

「ユウスケさん、私にも操縦させてよぉ！」

メルルが上目遣いでお願いしてきた。操縦したくてうずうずしているようだ。でもそれはかなえてやることができない。

「悪いけどこればっかりはダメだよ。ジェノスブレイカーは俺しか操縦できないし、俺の命令しか聞かないようにマニさんに設定してもらったんだ」

はっきり言って危険な代物だからね。誰でも使えるなんてことになれば危険なことこの上ない。

「メルルも俺の目を盗んで動かそうとするなよ。先日の流れ者みたいになるからな」

「わかってるよぉ……」

数日前もジェノスを盗み出そうとした流れ者がいたのだ。生体認証があるので俺以外の人間は起動することもできないことを知らなかったのだろう。その上、無理にいじると操縦桿とシートに電流が流れる仕組みになっている。

そいつはさんざん感電した挙句、ミシェル&ティッティーによる地獄のお仕置きまでくらってい た。相手は盗賊ながらちょっとかわいそうになってしまったほどだったよ……。

公開お仕置きだったので、その後ジェノスにちょっかいを出す奴はいない。俺は毎日重機に乗る感覚でジェノスに乗り、宅地の造成を進め、護岸工事をし、道の整備に努めた。


土地と道の整備が進んだので、俺はまた移住希望者を募ることにした。最近では行商人のヨシュアさんと組んで『移住体験ツアー』なんてこともやっている。

こちらは農家の次男坊や徒弟奉公終了間際の職人さんを対象にしたプランで、特別推薦枠として来てもらっているのだ。やっぱり手に職のある人に集まってもらわないと集落は上手く回らないからね。

自分がもらえる土地や、ルガンダでの暮らしぶりを見てもらうことが目的だが、なかなかの人気である。もっとも、大抵の人は都会に住みたがるので、まだまだ移住者の数は少ない。

「今なら土地と家、モバイルフォース全種類をプレゼントするのになあ……」

ため息を漏らす俺をマニさんが慰めてくれた。

「いっそ新型をプレゼントしたらどうじゃ？」

「新型？」

「次世代機じゃよ。ゼッターガンガルフとかギャップモエランとか」

「ほほう……」

「アッシークンやシロサイ、博識なんかもあるぞ」

「楽しそうだけど、それだけじゃ移住してくれないかもなぁ……」

「そうなのか？」

マニさんは不思議そうに首をかしげている。

「都会が好きな人が多いんだよ。たぶん、仕事も多いし、賃金も高いからね」

俺がそう言うと、マニさんはポンと手を打った。

「なんじゃ、そんなことで悩んでいたのか」

「まあ切実ってほどじゃないんだけどさ」

今だってなんとか暮らしてはいけるのだ。のんびりやればいいという気持ちではある。ところが
マニさんは大きく頷いて俺の手を引いた。

「ヤハギ、ダンジョンへ行くぞ」

「ダンジョンへ行ってどうするの？」

「転送ポータルを動かすのじゃ」

「はっ？」

今とんでもないワードが出てきたような気がしたぞ。

「各地のダンジョンは転送ポータルでつながっておるのじゃ。お前が望む大都会へと送ってやる。みんなが気軽に都会を楽しめれば、それで問題は解決じゃろ？」

問題は解決しないし、より困った問題が発生しそうな気がするなぁ。だけど、転送ポータルとやらには興味がある。いちおう存在を確認しておくか。

「とりあえず、どんなものか見せてもらえるかな？」

「あいあい」

マニさんはいつも通りひょこひょこと歩き出した。これぞまさに神様のお導き？　どのような結果をもたらすかわからないけど、俺はマニさんについていくことにした。


ダンジョンまでやってきた俺はマニさんに確認した。

「転送ポータルは地下二階にあるんだよね？」

「そうじゃ。あのツンツンした女子のいる部屋の近くじゃ」

ツンツンはティッティーのことだな。つまりポータルは救護室の近くに隠されているということか。だったら行くのに問題はないだろう。強力なモンスターは滅多に現れないし、準備さえ怠らなければ俺一人でもたどり着ける。

俺たちはダンジョンエレベーターに乗り、地下二階までやってきた。

「こっちじゃ」

マニさんはよどみない足取りでひょこひょこと歩いていく。いつものように記憶が曖昧になっていないか心配したけど、そんな様子はなさそうだ。やがて俺たちは袋小路になっているところまでやってきた。

「着いたぞ」

三方を石壁に囲まれた狭い窪地に少し大きめの将棋盤のようなものが置いてあった。材質は石で、人間が一人乗るのがやっとの大きさだ。将棋盤と同じで表面には碁盤の目が描かれている。

「ヤハギはルルサンジオンへ行きたいのだったな？」

「そうそう、王都ね」

「ルルサンジオンが王都？　あれは辺境の村だぞ」

マニさんは大昔の話をしているようだ。

「そんなことないよ。今はルガンダが辺境の田舎でルルサンジオンは大都会なの」

「ふぉー……、変われば変わるものよのぉ。まあええ、儂の指の動きをよく見ておくのじゃ」

マニさんは盤上に記された点や線にそって、一定の法則で指を動かした。スマートフォンのロックを解除する要領だ。

「指の動かし方で行先が変わるの？」

「その通りじゃ」

どうせ覚えきれないので、今は王都へ行ける方法だけ知っていればいいや。マニさんが指を動かし終えるとポータルは青白く輝きだした。

「ポータルが光っているうちに乗れば転送できるぞ。帰りも同じ方法で帰ってこられる」

「ふーん。これは向こうのダンジョンにつながっているんだよね？」

「うむ、同じ地下二階じゃ」

地下二階と言えばヤハギ温泉があった辺りか。地図作りもしたから地理はよくわかっている。地下二階のどこにあるか確認しておくとするか。

「今から転送ポータルを使ってみてもいい？」

「ああ、好きにするとええ。先に戻ってお茶でも飲んでおるわい」

確認のために自分の指でポータルを起動し直した。よしよし、ちゃんと動いているな。一瞬の躊躇はあったけど、俺は青白く光るポータルに足を乗せて空間を超越した。


体への衝撃は何も感じなかった。転移は一瞬で終わり、俺は王都のダンジョンに立っていた。この場所には見覚えがある。そう、ヤハギ温泉のすぐ近くだ。自分が商売をしていた場所のこんな近くに転送ポータルがあるとは知らなかった。

ポータルから降りてよく観察してみる。そういえば地図作りのときにこれも見たことがあるな。まさかこの小さな台がポータルだとは思わなかったよ。

それにしても王都のダンジョンへやってくるのは久しぶりだ。ここから温泉までは百メートルもない。少し寄っていくことにした。

懐かしい扉を潜るとお湯の匂いが立ち込めていた。そうそう、ここだよ。ここでお風呂に入ったなぁ……。

「あれ、ヤハギさんじゃない！　お久しぶり」

懐かしさにキョロキョロしていたら、顔見知りの冒険者に次々と声をかけられた。

「王都に戻ってきたんだ。またここで商売をするのかい？」

「いや、今日はちょっと温泉に寄っただけで……」

しどろもどろに答えていたら、ドカドカと騒がしい足音が聞こえて怪我人が運ばれてきた。

「どいてくれ、仲間が腕をやられたんだ！」

まだ若い冒険者が腕を血だらけにしながら蒼い顔をしている。傷はかなり深そうだ。

「傷薬と包帯を出してくれ！」

慌ただしく応急処置がされたが、薬も包帯もお粗末な品だった。まだ若い冒険者チームだからちゃんとしたものを買いそろえられなかったのだろう。

「ここは俺に任せてくれ」

「え、ヤハギさん!?」

天秤屋台を出して新商品を取り出した。

商品名：超・ヒモきゅうきゅう

説明　：127センチもあるひも状グミ。半分はコーラ味でもう半分はオレンジ味。
　　　　美味しく食べられるが、傷口に巻くと医療用の応急処置テープに早変わりする。
値段　：100リム

「助かったぜ、ヤハギさん！」

軽く寄っていくだけのつもりだったけど、みんなに請われて出店した。温泉前に店を出すのも久しぶりだ。

「悪いけど、店を出すのは今日だけなんだ。たまには出張するかもしれないけど……」

事情を話すと冒険者たちはまとめ買いをし、天秤屋台の商品は瞬く間になくなってしまった。

特に目の前で効果を見せつけられた超・ヒモきゅうきゅうはあっという間に売り切れてしまうほどだった。

転送ポータルは便利だなぁ。公表してもいいけど、あんまり気軽に人々がやってくるのも面倒そうだ。しばらくは知らないふりをしておけばいいか。俺はこれを使って魔結晶の卸しや物資の買い付けをするつもりではいるけどね。

温泉を堪能した後、他の冒険者にばれないようにポータルを再起動してルガンダに戻った。

冒険者メルルの日記　9

ついにゾリドが復活した！　本当にジェノスブレイカーが動いた時は驚いて口もきけなくなったもんだよ。本当にあんなに大きなものが動くとはね。
ユウスケさんとミシェルさんが雷に打たれたときはどうしようかと思ったけど、駄菓子のおかげで無事だったようだ。まったく、あの二人のイチャイチャぶりは見ていられませんな。あまりのバカップルぶりはいっそ清々しいくらいだった。

ジェノスブレイカー復活のお祝いに、ユウスケさんは住民全員にお酒やお菓子をご馳走してくれた。チーム・ハルカゼもゴールデンシープでたっぷりと飲ませてもらったよ。

最近、若い冒険者の間ではポッピーという飲み方が流行っている。蒸留酒のバクスチを駄菓子の黒ビアで割ったものだ。

シュワシュワとした炭酸、飲みやすい甘さ、ほのかに感じる苦みが絶妙なのだ。ついつい飲み過ぎちゃうんだよね。

しかもポッピーには驚くべき効果がある。黒ビアを飲むと闇の魔力が増幅するんだけど、どういうわけかポッピーになると属性が反転するようだ。光の魔力が増幅するんだよ。不思議じゃない？　その効果のおかげで飲むとやたらと陽気になるんだ。いつも仏頂面をしているサナガさんでさえニコニコ顔になるんだからびっくりだよね！

私たちも大いに飲んで、大いに笑って、楽しいひと時を過ごした。

ジェノスブレイカーが動くようになるとユウスケさんはさっそく森の中の道に手を付けていた。木を引っこ抜いて、地面を固めならしていくんだけど、あっという間にできていくのだ。川から砂利を運んで敷き詰めていたから、今後は雨が降ってもぬかるむことはなくなるだろう。

道ができたら次に何を作るか聞いてみたところ、宅地と農地を増やすそうだ。牧場なんかも広げるらしい。安定的にミルクが飲めるのなら私も嬉しいな。

その後はどうするかと聞いたら「温泉でも掘ってみるか」と笑っていた。そういえばルガンダに移ってきてから広いお風呂に入っていないなぁ……。

王都では仕事終わりといえばヤハギ温泉に寄ったものだ。温泉上がりに飲むラムネってどうしてあんなに美味しいんだろうね？　今なら大好きなホームランバアバもある。きっと火照った体を優しくクールダウンしてくれると思う。

もう一度あれが体験できるんだ！

「絶対に掘り当ててね！」って頼んだら、ユウスケさんはにっこりと笑って頷いてくれた。ということは、近いうちに温泉に入れるということだ。だって、ユウスケさんが私に嘘をついたことはないから。
嬉しくて、私は走ってそのことをミラに教えにいった。

エピローグ

ルガンダに春が来た。地面を覆う雪も解け、日当たりの良い場所では水仙が咲き始めている。まだまだ寒さは続くけど日に日に過ごしやすくなっていることを実感する毎日だ。

冬の間にゾリドを使った開発はかなり進んだ。街道までの間道はすっかり舗装され、馬車二台がすれ違えるほど立派な道になっている。

はっきり言ってしまえば国が管理している街道よりも立派なくらいだ。国道よりも県道の方が広いみたいな感覚だね。

道の整備だけじゃなくいろいろなものを作ったぞ。畑や宅地は三倍以上になったし、公衆浴場なんかも用意した。ジェノスで温泉を掘ったら、見事に引き当てたのだ。公衆衛生は大切だもんね。

ただのお風呂じゃ寂しいので、前世の知識をフル活用して岩盤浴やサウナなんかも用意した。ダンジョンの横に穴を掘って洞窟風呂なんかも作っている。これが地元民だけではなく観光客にもウケている。

ルガンダはダンジョンの町としてだけではなく観光の町としても発展しているのだ。最近では湯治に来る富裕層も増えた。目下、新しいホテルを建設中である。

おかげで雇用が創出され、人口はまた増えた。今は三百十六人もいるらしい。発展が急速すぎて住宅の造成が追い付かないくらいだよ。

ナカラムさんはヒーヒー言いながらも行政書類の作成に忙しい。いっそナカラムさんが領主をやればいいのに、なんて思ってしまうけど、そうもいかないようだ。

このように穏やかに暮らしていたのだが、事件は突然起こった。ある風の強い日、いつものように店を開いていると、助役のナカラムさんが緊張で体中の筋肉を強張らせながら駆け込んできたのだ。

「ヤハギ様、大変です！　のんきにもんじゃを焼いている場合ではございませんぞ！」

「これはもんじゃじゃなくて、新商品のアンコ玉だよ」

「どちらでもかまいません！　王都より伝令が参ったのです！」

「伝令ってなに？」

「わかりませんが緊急事態のようでございます。使いの方には居間でお待ちいただいておりますので、至急領主館へいらしてください」

別に悪いことをした覚えはないから、叱られるようなことは何もないと思う。あ、ひょっとして転送ポータルの存在がばれたかな？　それともゾリドについてだろうか？

考えていても仕方がない。とりあえず使者とやらに会ってみるか。

「みんな、すまないけど今日は店じまいだ。また明日な」

心配するみんなに別れを告げて領主館に戻った。

領主館で使者と対面した。使者は俺にうやうやしくお辞儀をして国王からの勅書を手渡してきた。捕縛の兵士もいないから俺を捕まえるとかではなさそうだ。

どれどれ国王はいったい何を言ってきたのだろう。

「えーと……ルガンダ領主ユウスケ・ヤハギ。この度、余は――……はあっ!?」

内容にびっくりして思わず声が出た。すかさず隣にいたミシェルが質問してきた。

「どうしたの、ユウスケ？　国王は何て？」

「これ……召集令状だ……」

「はっ？」

「陛下からの命令だよ。兵士を連れて参戦しろだって……」

これぞまさに青天の霹靂《へきれき》だ。俺は駄菓子屋領主として戦争に駆り出されることになってしまったようだ。もっとも、結論から言うとこの戦いはすぐに終わる。俺の運命がまたしても大きく変わるのは終戦後のことだった。

巻末付録
駄菓子屋ヤハギ
オススメ商品ピックアップ！
ミラ
いらっしゃいませ。
今日は私が店番ですよ

マニ四駆

魔力を利用して走らせる自動車型のおもちゃ。

〈値段〉
1200
リム

メルル

唸れ、私のアバンティラ!

ダークサンダーチョコレート

愛がイナズマ級！
食べれば愛の告白の勇気が湧いてくる。

〈値段〉
30
リム

ヤハギ

毎日ミシェルが買っていくよ。
愛がヘビー級……
じゃなくてイナズマ級だぞ

でるでるでるね

水を加えて、自分で作る砂糖菓子。食べると十五分だけ幽体離脱ができる。
ぶどう味とソーダ味の二種類。
ぶどうはジューシーな離脱感、ソーダは爽快な離脱感を得られる！

〈値段〉
100
リム

ミシェル

ねればねるほど、
色が変わって……うまい！

★★★★★

ホットドクトルペッパー

★★★★★

十種類以上のフレーバーが織りなす独特な味わいの炭酸飲料。
三回飲めばクセになる!
温かい刺激が魂を震わせ、なにかが起こる!?

*効果には個人差があります。
一人一回限りです。

〈値段〉
50
リム

ミシェル

ドクトルペッパーのおかげで
キスが上手になったの……。
飲んでよかったの……

金メダルチョコ

赤いリボンのついた金メダルを模したチョコレート。
首から下げれば気分が高揚し、
食べると腕力、素早さ、魔力がそれぞれ少し上昇。

〈値段〉
150
リム

メルル

ガルムたちが金メダルではしゃいでいるよ。
本当に子どもなんだからさ……。
でも、私も欲しい!

★★★★★

黒ビア

★★★★★

水に溶かすと泡がモコモコ立って、黒ビールそっくりに!
飲むと闇の魔力が増幅する。

〈値段〉
30
リム

ミシェル

ああ、闇の力と心が満たされていくわ……。
この愛で今度はユウスケを
満たしてあげなきゃ!

★★★★★

ダラダラしてんじゃねえよっ!

★★★★★

魚のすり身を使ったお菓子。
食べると体が金属化する。

〈値段〉
50
リム

メルル

うっはっ!
本当にカチコチだ。
雷系の魔法も防御できるんだよ

★★★★★

ゲッタ〜麺！

★★★★★

一口サイズのラーメン風スナック菓子
当たり金券付き（100リム、50リム、20リム、10リム）
食べると、低出力ながら口からビーム（光属性魔法）を一発撃てる！

〈値段〉
10
リム

ティッティー

口からビームって何なのよ？
嫌いじゃないけど……

あとがき

　このたびは『駄菓子屋ヤハギ　異世界に出店します』をお買い上げいただきありがとうございました。読者のみなさまのおかげで巻を重ね、ついに三巻です！　この春からは仏さんじょ先生によるコミカライズも始まっております。なお一層のお引き立てをよろしくお願いします。

　また、三巻を刊行するにあたりご尽力いただいた皆様、今回も素敵なイラストを描いてくださった寝巻ネルゾ先生にこの場をお借りして感謝申し上げます。ありがとうございました。


　世界が花粉につつまれております！　私は旅が好きでよく出かけておりますが、出発を躊躇うほどの量が飛んでいますね。移動手段はバイクであることが多いのですが、もうすさまじいですよ。我が愛車トライアンフのスピードツイン１２００、ボディーカラーは黒でございます。黒のはずなのにまっきっきです！　そりゃあ顔面が痒くなるのも当然ですね。

　とはいえ、やっぱり旅には出ます。私が創作活動を続けるために、旅は必要不可欠な行為だからです。まあ、旅に出たからといって、すぐに作品が書けるわけではありませんが……。

花粉の問題はありますが、春はやっぱりいいですよね。梅、桜、桃と春の花はどれも風情がありますが、香りは梅、花のゴージャスさは花桃がいちばんです。毎年四月になると山梨まで桃の花見にいきます。

今年もそうやって花を眺め、『駄菓子屋ヤハギ』の今後を見つめる予定です。大まかな流れはできているのですが、細部を詰めるのはこれからです。今後も楽しい物語をお届けできるように頑張っていきます！

商売柄、買い物にいくたびにお菓子コーナーをよく眺めます。駄菓子を置いているスーパーマーケットも何軒かあって、非常にありがたいです。昔ながらの駄菓子屋が少なくなった代わりに、こうしたお店が駄菓子を売っているのですね。

私としては作品のクオリティーがかかっていますので、他人が引くほどの情熱を傾けて駄菓子を観察します。その熱量は真剣に商品を選ぶ子どもにも負けないつもりです！

鬼気迫る態度で駄菓子を見つめる男がいたら、それは私かもしれません。まだまだ未熟な私ですが、このひたむきな態度に免じてこれからも応援のほど、よろしくお願いします！

長野文三郎

「ダラダラしてんじゃねーよ！」…
元ネタを知らなかったので調べてみましたら
ロックの格好をした人がパッケージにおりました。

おそらくロック（岩）から
お話の中では金属になる効果になったのかなと思い、
デザインも合わせてメタルの人にしてみました。

今度、お店で見つけたら食べてみようと思います！
この度はありがとうございました！

寝巻ネルゾ

駄菓子屋ヤハギ
異世界に出店します
Da
Yahagi Isekai Ni Shutten Shimasu
EARTH STAR NOVEL
王都の学院前に
駄菓子屋
移転!?
コミックアース・スターで
コミカライズも
好評連載中!
発売予定!!

魔族の侵攻により戦争が勃発、急遽、駄菓子屋領主として召集されたヤハギだったが、ゾリドで食い止めることに成功する。
しかし、国王はゾリドを使ったヤハギを危険視し、彼を呼び戻して王都に住むことを強制してしまう。
王都で与えられた土地は、ちょうど王立学院と冒険者学院に挟まれた場所で、学院の子供たちを相手に駄菓子屋を営むことになり——!?

異世界でも、
学校帰りの子供たちの
駄菓子屋さんになる

第4巻は2023年秋頃

千年の寿命を
もてあます、
気まぐれハイエルフの
自由奔放な旅
EARTH STAR NOVEL

まきぶろ
illustration
狂zip
無自覚な天才少女は気付かない
mujikakuna tensaisyoujoha kidukanai
～あらゆる分野で努力しても家族が全く褒めてくれないので、家出して冒険者になりました～
天才でした!?

EARTH STAR NOVEL

駄菓子屋ヤハギ　異世界に出店します ③

発行 —— 2023 年 4 月 14 日　初版第 1 刷発行

著者 —— 長野文三郎

イラストレーター —— 寝巻ネルゾ

装丁デザイン —— AFTERGLOW

発行者 —— 幕内和博

編集 —— 佐藤大祐

発行所 —— 株式会社アース・スター エンターテイメント
〒141-0021　東京都品川区上大崎 3-1-1
目黒セントラルスクエア　7 F
TEL ：03-5561-7630
FAX：03-5561-7632
https://www.es-novel.jp/

印刷・製本 —— 中央精版印刷株式会社

ISBN 978-4-8030-1778-6